Timo Mallok

CREEPY LITTLE ENTITIES

AF191445

TIMO MALLOK

CREEPY LITTLE ENTITIES

-Eine Geistergeschichte-

Horror-Novelle

www.weltenschreiner.com

Impressum

Bibliografische Information der Deutschen Nationalbibliothek:
Die Deutsche Nationalbibliothek verzeichnet diese Publikation in der Deutschen Nationalbibliografie; detaillierte bibliografische Daten sind im Internet über http://dnb.dnb.de abrufbar.

© 2022 Timo Mallok

1. Auflage

Coverdesign: Giusy Ame / magicalcover.de
Bildquelle: Depositphoto
Illustrationen: Timo Mallok

Herstellung und Verlag:
BoD – Books on Demand, Norderstedt

ISBN: 978-3-7568-1844-0

from now
and beyond the end of days
when blood turns into demons wine
paradise will be covered in weed
under an eternal silver shine
forever and ever i will be
a creepy little entity

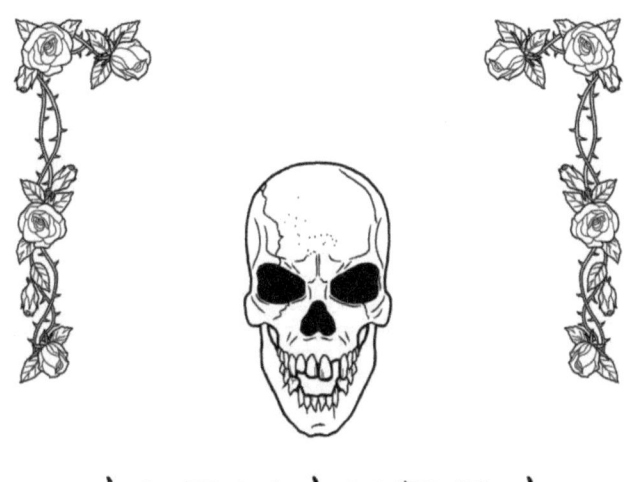

ALEXANDRA

Montag, 26. September 2022

In dieser Nacht hatte ich keine Angst. Aber ich war nervös. Eine Unruhe brodelte tief in mir und ich spürte, wie sich die Anspannung in meinem ganzen Körper ausbreitete. Mein Herz raste in meiner Brust und ich versuchte so schnell zu atmen, wie es meine Lunge von mir verlangte.

Aufgeregt lag ich auf meinem Bett und zwang meinen Körper in eine entspannte Haltung. Meine ausgestreckten Beine waren ebenso verschränkt wie die Arme unter meinem Kopf. Die leichte Sommerdecke bedeckte meinen Körper bis zur Brust, hob und senkte sich deutlich unter jedem einzelnen Atemzug.

Wie immer hatte ich die Fenster meines Zimmers gekippt und die Rollläden blieben hochgezogen. So konnte ich eigentlich am besten einschlafen. Doch nicht heute. Eine kühle Abendluft wehte über mein Bett und durch den Neumond blieb mein Zimmer in nächtliche Dunkelheit getaucht. Abwechselnd starrten meine wachen Augen entweder an die dunkle Zimmerdecke oder auf die rotleuchtenden Zahlen meines Radioweckers.

22:41 Uhr

Unzählige Gedanken trieben wellenartig durch meinen Kopf. Bedenken und Sorgen über Konsequenzen und

Auswirkungen, die mich morgen erwarten könnten, sollte ich mein Vorhaben tatsächlich in dieser Nacht umsetzen. Nur zu gut wusste ich, was ich zu tun hatte und ich fühlte mich auch entschlossen genug, es heute Nacht nicht nur anzugehen, sondern auch durchzuführen. Und doch klopfte mir das Herz bis zum Hals und nahm mir rhythmisch die Luft zum Atmen.

Stumm wechselte der Radiowecker auf die nächste Minute, was ich mit einem leichten Nicken kommentierte.

›Nur noch wenige Stunden bis zu meinem Geburtstag‹, dachte ich schwermütig, atmete tief ein und blies die Luft scharf durch meine halb geöffneten Lippen wieder aus, ›Und einen Tag, bis die schlaflosen Nächte wieder beginnen.‹

Meine Gedanken kreisten weniger um die Tatsache, dass ich am nächsten Morgen und den ganzen Tag über viele Glückwünsche zu meinem Achtzehnten entgegennehmen würde, als vielmehr um das Wissen, dass ich ab morgen wieder über Wochen und Monate unruhige und schlaflose Nächte durchleben müsste. Nächte voller quälender Müdigkeit. Nächte voller Geflüster aus den dunklen Ecken meines Zimmers. Nächte voller Schemen, die sich aus den Schatten lösen und sich meinem Bett nähern würden. Es begann jedes Jahr, immer an meinem Geburtstag, seit ich mich erinnern konnte. Und es würde erst wieder im Frühjahr aufhören.

›Nein‹, dachte ich und schüttelte entschlossen meinen Kopf, ›Ich will, dass das jetzt aufhört.‹ Langsam schob ich meine Sommerdecke beiseite und setzte mich vorsichtig auf die Bettkante. Das leise Quietschen der Matratze und das Knarzen des alten Lattenrosts kamen mir in der Dunkelheit meines Zimmers unnatürlich laut vor.

Mit zwei Fingern angelte ich das samtene Haargummi vom Nachttisch und fasste meine haselnussbraunen Haare zu einem einfachen Pferdeschwanz zusammen. Da ich die Klamotten anbehalten hatte, zog ich nur mein T-Shirt und die enganliegende Jeans zurecht, schlüpfte mit nackten Füßen in die sommerlichen Halbschuhe und schnappte mein Handy, das neben dem Radiowecker geduldig auf mich wartete.

Unter dem schwachen Licht des Handydisplays erhob ich mich vom Bett und ging zu meinem Schreibtisch. Mit gemischten Gefühlen und kritischem Blick starrte ich auf das mit bunten Haftnotizen gespickte Notizbuch, das auf meinem zugeklappten Laptop lag. Entschieden streckte ich meine Hand nach dem Buch aus, doch ein letzter Funke Unsicherheit ließ meine Finger über dem Einband verharren als wäre es eine heilige Reliquie.

Ungehalten wischte ich mit einem Kopfschütteln den störenden Gedanken beiseite und packte das Notizbuch in den kleinen Rucksack, den ich auf meinem Schreibtischstuhl bereitgestellt hatte. Leise zog ich den Reisverschluss zu und warf mir meine Kapuzenjacke über, schob meinen Schlüsselbund und das Handy in verschiedene Hosentaschen und schulterte den Rucksack. Auf Zehenspitzen schlich ich zur Zimmertür, legte meine Hand auf die Klinke und lauschte durch das geschlossene Türblatt.

Geräusche und Stimmen aus dem Fernseher drangen aus dem Wohnzimmer zu mir herauf. Mit zwei Fingern fischte ich mein Handy aus der Hosentasche und warf einen kontrollierenden Blick auf die Uhrzeit, die mir das Display mit seinem schwachen Schein ins Gesicht leuchtete. Vor Tagen hatte ich bereits den Plan dieser Nacht festgelegt, Uhrzeiten ausgerechnet und gemerkt, die ich für den perfekten Ablauf benötigen würde. Ich war gut in der Zeit, aber ich musste jetzt los. Ein letztes Mal atmete ich hörbar ein und wieder aus, drückte die Klinke nach unten und schob langsam die Zimmertüre auf.

So gut es mit den flachen Schuhen ging, schlich ich über das Laminat des Flures. Am oberen Ende der Treppe angelangt, drückte ich mich für einen kurzen Moment an die Wand und lauschte in die Dunkelheit unseres Hauses. Außer dem Fernseher war nichts zu hören. Achtsam stieg ich die Holzstufen der Treppe hinab und trotz meiner Konzentration vergaß ich, diese eine Stufe zu übersteigen, die meinen nächtlichen Ausflug hätte verraten können. Die ausgetretene Stufe beschwerte sich über mein Körpergewicht mit ihrem vertraut lauten Knarzen.

Ich schloss die Augen und presste meine Lippen zusammen, verfluchte mich selbst und verharrte krampfhaft auf der defekten Stufe. Nichts war zu hören. Weder aus dem Wohnzimmer, noch aus dem elterlichen Schlafzimmer.

Behutsam verlagerte ich mein Körpergewicht auf die nächste untere Stufe, schob den verbliebenen Fuß vorsichtig nach und brachte flink die letzten drei Stufen hinter mich. Innerlich angespannt stand ich neben der offenen Wohnzimmertür. Unter die Geräuschkulisse des Fernsehers mischte sich das leise Schnarchen meines Vaters. Langsam lugte ich an der Türzarge vorbei und schielte in das Wohnzimmer hinein. Die Füße meines Vaters ragten über die Couchlehne hinaus, was bedeutete, dass meine Mutter bereits schlafend im Elternbett lag und mein Vater wiedermal während seines Films auf der Couch eingeschlafen war.

Hastig hüpfte ich mit leichten Schritten durch die Küche und zur Hintertür hinaus. Die noch junge Septembernacht empfing mich mit ihrem typischen Duft und ein leichter Wind wehte mir ins Gesicht. Sachte zog ich die Hintertür ins Schloss. Das leise Schnappgeräusch schenkte mir eine wohltuende Erleichterung. Schnell huschte ich über die Wegplatten und das Rasenstück. Hinter der Garage lehnte mein Fahrrad geduldig an der Außenwand. Den Fahrradständer drückte ich leise mit der Hand nach hinten. Mit einer Hand am Lenker und begleitet von dem gleichmäßigen Rattern der Kette, schob ich mein Fahrrad zum Gartenzaun, öffnete das kleine Gartentor und freute mich, dass mein Vater erst vor wenigen Tagen die Scharniere geölt hatte. Geräuschlos fiel das Tor hinter mir ins Schloss und der letzte Blick über meine Schulter registrierte die dunklen Fenster unseres Hauses. Offensichtlich hatte ich es geschafft, mich lautlos aus dem Haus zu schleichen.

Erleichtert steckte ich mir die In-Ear-Kopfhörer in die Ohren, startete meine Playlist auf dem Handy und der Synthie-Pop zauberte mir ein Lächeln auf die Lippen. Ich schwang mich auf den Sattel, rollte die Auffahrt hinunter und nach dem kleinen Ruckler über die abgeflachte Bordsteinkante stieg ich in die Pedale.

Die Straßen waren menschenleer und einsam fuhr ich durch die Lichtkegel der Straßenlaternen. Die kühle Nachtluft ließ mich frösteln und der Fahrtwind rauschte mir um den Kopf. Schnell hatte ich das Ortsschild erreicht. Kaum tauchte der gelbe Fleck aus der Dunkelheit auf, war er auch schon wieder an mir vorübergezogen. Felder und Wiesen säumten meinen Weg und in der Dunkelheit ragten die ersten Bäume des Odenwalds hoch in den nachtblauen Himmel auf. Der dünne Lichtstrahl des kleinen Scheinwerfers an meinem Fahrrad tastete zitternd den Straßenrand ab. Als die Mündung des Feldweges endlich im hellen Lichtkreis auftauchte, bog ich scharf in den holprigen Weg hinein und stieg kräftig in die Pedale, um den kleinen Anstieg zügig hinter mich zu bringen.

Der Schotterweg führte am Waldrand entlang und ich verstärkte meinen Griff um den Lenker, um die Räder in der steinigen Spur zu halten. Trotz der Konzentration, die ich für den unebenen Feldweg aufbringen musste, wagte ich einen Blick über die Schulter und schaute mit seltsamen Gefühlen in der Brust über das weite Feld auf die Lichter unseres Dorfes.

Der Odenwald schmiegte sich an die sanften Hügel und nach wenigen hundert Metern hatte ich den schmalen

Waldparkplatz erreicht. Hart drückte ich die Bremsen und die Reifen rutschten über den Rindenmulch. Ich sprang von meinem Fahrrad und schob es zu dem schlanken Baum, an dem ich es schon des Öfteren festgemacht hatte. Doch heute Nacht lehnte ich mein Rad nur gegen den Stamm, ohne es mit dem Fahrradschloss an den Baum zu ketten. Mit einem schnellen Tippen auf die In-Ear's stoppte die Playlist und ich nahm die Kopfhörer aus den Ohren.

Die Dunkelheit und eine unsagbare Stille hüllten mich ein. Ich schloss für einen Moment die Augen, atmete die kühle Nachtluft ein und nahm die Atmosphäre des Waldes in mich auf.

Nahezu blind fischte ich mein Handy aus der Hosentasche, wischte mit gezielten Bewegungen über die Einstellungen und reduzierte die Helligkeit des Displays, bevor ich es auf den Waldboden richtete. Geradewegs ging ich über den Parkplatz und betrat den ausgetretenen Wanderweg. Meine Augen und meine Beine folgten dem sanften Lichtfleck, der über den Waldweg leuchtete und den eigentlichen Wegpunkt suchte, den ich zu meinem Ziel einschlagen musste. Schließlich offenbarte mir das Displaylicht den zugewucherten Weg, der mich zu meinem eigentlichen Ziel führen sollte.

»Hundert Schritte«, flüsterte ich und achtete nicht auf das leise Rascheln und Knacken, das aus dem Wald erklang. Ich konzentrierte mich auf meinen Weg, zählte im Geiste die Schritte und stand vor dem umgestürzten Baum, der meinen ersten Wegpunkt markierte. Ich setzte mich kurzerhand auf den moosbewachsenen Stamm, schwang meine Beine darüber hinweg und setzte meinen Weg unbeirrt fort.

»Hundertneunzig Schritte.« Hinter dem querliegenden Baumstamm war der alte Wanderpfad kaum noch zu erkennen. Wilde Sträucher und Farne machten den Weg nahezu unkenntlich und ich drang immer tiefer in die längst verlassenen Gebiete des Waldes vor.

›Hundertsiebenundachtzig ... Hundertachtundachtzig ... Hundertneunundachtzig ...‹

Der Wald öffnete sich. Durch die Baumkronen glitzerten einzelne Sterne und hinter einem rostigen Bauzaun lag ein gewaltiger schwarzer Schatten wie ein schlummernder Riese auf einer weitläufigen Lichtung.

»... Hundertneunzig. Da bist du ja endlich.« Die zackigen Umrisse der alten Jugendherberge ragten dunkel in den Nachthimmel und versuchten mich einzuschüchtern. Ich schob die Mundwinkel nach oben und schüttelte mit dem Kopf. »Heute nicht.«

Die Herberge, die nach dem zweiten Weltkrieg in ein Kinderheim umfunktioniert wurde, hatte man nach einem Brand aufgegeben und der Natur überlassen. Nachdem allerdings Jugendliche sich in dem einsturzgefährdeten Gebäude verletzt und Obdachlose ein unschönes Lebensende gefunden hatten, wurde ein Bauzaun um das Kinderheim aufgestellt, um zumindest den unerlaubten Aufenthalt und das gesetzeswidrige Eindringen Unbefugter zu unterstreichen. Was jedoch nicht jeden davon abhielt, in dem alten Kinderheim verbotenerweise umherzuschleichen. Mich eingeschlossen.

Vorsichtig drückte ich mich durch eine breite Lücke in dem Bauzaun und ging zielstrebig auf die wurzelüberwucherte Betontreppe zu, die zu der großen Doppelflügeltür führte und den Haupteingang bildete. Die morschen Flügeltüren hingen offen in dem von Flechten überwuchertem Türrahmen und Efeu bedeckte großflächig die bröckelnde Hauswand. Unter meinen Schuhen knirschten der Dreck und herabgebröselte Putz, als ich die Eingangshalle des Kinderheimes betrat. Links wie rechts grenzten große Räume an den Eingangsbereich an und vor mir führte eine breite Wendeltreppe durch einen

17

Turm in die oberen Stockwerke, die nach dem damaligen Brand nur noch unter Gefährdung des eigenen Lebens begehbar war.

Ich legte meinen Zeigefinger an die Lippen und versuchte mir die Raumaufteilung ins Gedächtnis zu rufen. »Rechts. Links. Links«, erinnerte ich mich und der Schein meines Handydisplays führte mich in einen Speisesaal. Herabgestürzte Deckenbalken teilten sich den Raum mit einzelnen Stühlen und dem letzten Tisch, der in der Mitte des Raumes stand. Trockenes Laub, Putz und Unrat bedeckte den Boden und wilde und obszöne Graffitis verunstalteten die Wände. Der Duft von Verfall und Urin waberte durch den Saal.

Angewidert schüttelte ich meinen Oberkörper, zuckte mit den Schultern und suchte anschließend mit dem Displaylicht die Wände nach der Küchentür ab.

»Da hinten versteckst du dich«, flüsterte ich, ging achtsam an der Wand des Speisesaals entlang und versuchte so wenige Laubblätter und Putzkrümel wie möglich zu zertreten. Mit schmalen Schultern trat ich durch die halbgeöffnete Küchentür und tauchte in eine totale Finsternis. Ein kalter Schauer jagte mir den Rücken hinab. Kopfschüttelnd aktivierte ich mit wenigen Fingerbewegungen die Taschenlampe. Der grelle Lichtstrahl stach in die Dunkelheit hinein, streifte große Töpfe, die auf alten Gasherden standen, heruntergekommene Küchenschränke und Anrichten, auf denen zerbrochenes Geschirr, unterschiedliche Kochlöffel und andere Bestecke lagen.

»Durch die Küche in den Keller.« Schnell hatte ich die Tür am anderen Ende der Küche entdeckt und stand vor dem schwarzen Loch, das das obere Ende der Kellertreppe bildete. Mein Licht zitterte über die ersten Stufen, die mich hinabführen sollten. Überrascht spürte ich eine kleine Träne und wischte sie irritiert mit dem Handrücken von der Wange.

Umsichtig betrat ich die erste Betonstufe und eine unangenehme Kälte und Stille empfing mich. Schritt für Schritt tastete ich mich vor, folgte dem Lichtstrahl durch die Dunkelheit und atmete eine tote Luft auf meinem Weg nach unten. Ein weiterer Schauer kribbelte auf meiner Haut, als ich das Ende der Treppe erreicht hatte.

»Ich weiß, dass ihr da seid«, nickte ich in die Finsternis hinein, »Ich bin gleich bei euch.« Das Licht beleuchtete die kalten Mauern, ihre roten Backsteine und den hellgrauen Mörtel, der dick aus den Fugen hervorquoll. Drei Metalltüren ignorierte ich auf meinem Weg durch den langen, geraden Flur und als ich sein Ende erreicht hatte, huschte ein schiefes Grinsen über meine Lippen. Im weißen Licht erkannte ich die hinterste Tür. Und sie stand offen.

Geräuschlos atmete ich ein und schaltete mein Handy aus. Seltsam entspannt stand ich auf der Türschwelle und wartete, bis sich meine Augen ein wenig an die Dunkelheit gewöhnt hatten. Meine Finger ertasteten das kalte Metallgeländer, das die wenigen Stufen der Treppe begleitete. Unter meinen Sohlen knirschte der feine Dreck auf den fünf kurzen Betonstufen. Meine Hand löste sich von dem Geländer und ich drückte meine Fersen an die unterste Stufe. ›Vier Fuß‹, dachte ich im Stillen und legte dreimal meine Ferse an die Zehenspitzen. Dann vermisste ich mit dem nächsten Schritt den fehlenden Betonboden. Sicher stieg ich über die Kante hinweg und betrat einen erdigen Untergrund. Siebenmal legte ich meine Füße aneinander, bevor ich mich auf den kalten Erdboden setzte. Aus meinem Rucksack fischte ich ein Stück Kreide, setzte sie auf dem harten Erdboden auf und zog im Sitzen einen Kreis um mich herum. Ich tauschte die Kreide gegen einen großen Salzstreuer aus, verdrehte blind die Verschlusskappe und zog im Dunkeln einen weiteren Kreis aus Salz. Dann entnahm ich meinem Rucksack eine große Kerze und ein Päckchen Streichhölzer. Ich entzündete eines der Streichhölzer und sein plötzliches Aufleuchten schmerzte in meinen Augen. Vorsichtig führte ich das Streichholz an die Kerze und entfachte den Docht. Die Schachtel und das abgebrannte Streichholz legte ich vor meine gefalteten Beine auf den Boden und leuchtete mit der Kerze einmal um mich herum. Der Kreidekreis sowie der Salzkreis umschlossen mich in einer krakeligen Eiform. ›Perfekt‹, dachte ich, tropfte ein wenig Wachs vor mir auf den Boden und presste die Kerze darauf. Schlussendlich holte ich aus dem Rucksack das Notizbuch heraus und drückte es fest an meine Brust. Scharf sog ich ein letztes Mal die Luft durch meine Nase ein und atmete tief und entspannt durch den Mund wieder aus.

»Hallo«, rief ich mit bestimmender aber höflicher Stimme in die Dunkelheit hinein, »Ich bin hier, um eure Ruhe zu stören.«

Dank der Haftnotizen schlug ich das Notizbuch an der benötigten Stelle auf und legte es in meinen Schoß. Der helle Schein der Kerze genügte, um die Wörter in dem Buch lesen zu können, doch er war nicht stark genug, um den Raum richtig auszuleuchten. Ich blickte mich ein letztes Mal um. In der Ecke vor mir lag ein tiefdunkler Schatten. Alte Stromkabel zogen sich über die kalten Steine, die hinter mir zu einem veralteten Schaltkasten führten. Absolute Stille herrschte in dem Keller.

»Und ich benötige eure Aufmerksamkeit. Ich werde euch heute Nacht drei Geschichten vorlesen. Danach werdet ihr verstehen, warum ich hier bin.« Meine Augen konzentrierten sich auf die Buchstaben auf den Seiten des Notizbuches. »Dann beginne ich jetzt mit der ersten Geschichte :

THOMAS

27. September 1995

Thomas jagte seinen Wagen durch die Nacht. Dunkel streckten sich Bäume zu beiden Seiten der Schotterstraße in die Höhe und das Licht der Scheinwerfer beleuchtete weiße Nebelfetzen, die wie träge Ungeheuer aus dem Unterholz des Waldes hervorkrochen. Die Reifen polterten über den unebenen Waldweg, kleine Steinchen schlugen hart gegen die Unterseite des Autos und die dünne Sichel des zunehmenden Mondes versteckte sich hinter den grauen Wolken, die selbst nach dem langen Regentag noch den nächtlichen Himmel bedeckten.

Genervt stöhnte sich Thomas eine Erleichterung herbei und seine Finger tasteten in der Dunkelheit nach dem Lautstärkeregler des Radios, um das disharmonische Aufprallen der kleinen Schottersteine zu übertönen. Eine kleine Weile bewegte er sich gedankenverloren zur Musik, dann schüttelte er sorgenvoll seinen Kopf, als sich der eigenartige Anruf seines Freundes wieder in sein Bewusstsein schob. Er klang verzweifelt am Telefon, nuschelte weinerlich etwas Unverständliches über seine Frau und legte nach wenigen Minuten, in denen er hauptsächlich schluchzte und heulte, einfach wieder auf.

»Oh Michael, ich hoffe nur, dass alles wieder gut wird«, seufzte er nachdenklich und kratzte sich den dichten Drei-Tage-Bart, beugte sich nach vorn und blickte suchend durch

23

die Frontscheibe, »Bin ich eigentlich falsch abgebogen? Der Weg müsste doch schon zu Ende sein.«

Mittlerweile waren zwei Jahre vergangen, als Thomas seinen Freund Michael und seine Frau Johanna in ihrem Haus im Odenwald besucht hatte. Damals steckte sein Freund noch mitten im Umbau und den Renovierungsarbeiten des alten Forsthauses, in dem sie ihren Lebensabend in Ruhe und Abgeschiedenheit verbringen wollten.

»Ach, da kommt die Lichtung.«

Der Wald öffnete sich und die schwarzen Bäume umringten den grauen Nachthimmel. Im Scheinwerferlicht tauchte das gesuchte Forsthaus auf und Thomas lenkte sein Auto auf den Kiesplatz vor der großen Scheune. Der Motor verstummte, die Lichter erloschen und der kleine Hof lag wieder in nächtlicher Dunkelheit.

Leise öffnete Thomas die Wagentür und schloss für einen Moment die Augen, als sich die Innenbeleuchtung automatisch einschaltete. Die Nacht verschwand hinter einem hellen Schleier, leises Blätterrauschen ersetzte die Radiomusik und die regenkühle Nachtluft strömte in das warme Wageninnere. Tief atmete Thomas durch, gab sich einen Ruck und stieg schließlich aus. Sachte ließ er die Wagentür zufallen und betrachtete stirnrunzelnd und mit einem kontrollierenden Blick auf das Nummernschild das silberfarbene Auto, neben dem er vor der Scheune geparkt hatte.

»Matthias ist auch hier?«, fragte er sich mit erhobenen Augenbrauen und seine Besorgnis wuchs mit der Erkenntnis, dass auch der jüngere Bruder seines Freundes, zu welchem er kein inniges Verhältnis pflegte, zu Besuch war. Kopfschüttelnd wandte er sich dem Haus zu.

Die silberne Mondsichel nutzte die Lücke in der dunkelgrauen Wolkendecke und beleuchtete für einen kurzen Moment die Waldlichtung. Müde schmiegte sich das alte

Forsthaus an den dunklen Waldrand und glotzte Thomas erwartungsvoll mit matten Fensteraugen an. Im schwachen Mondlicht wirkten die holzverkleideten Außenwände kränklich grau und die leeren Blumenkästen unter den Fensterrahmen ergänzten die kraftlose Erscheinung.

Die einzelnen Fenster nach irgendwelchen Lebenszeichen kontrollierend, näherte sich Thomas den wenigen Stufen, die ihn zur reichlich verzierten Haustüre führten. Wie ein Einbrecher schlich er die Steinstufen hinauf und suchte weiterhin nach Bewegungen hinter den dunklen Fensterscheiben. An der schweren Eichentür suchten seine Finger den Kontakt zum Klingelknopf. Dann allerdings hielt er inne und ballte seine Finger unentschlossen zu einer Faust. Tief atmete er durch und wagte einen zweiten Versuch. Er streckte seinen Zeigefinger in Richtung der Klingel, als plötzlich die Türe ganz sanft und leise nach innen schwang. Thomas stutzte und zog überrascht die Augenbrauen zusammen. Achtsam legte er die flache Hand auf das Türblatt und schob die Haustüre vorsichtig weiter auf. Ein nachtschwarzer Flur gähnte ihn an.

»Hallo?«, flüsterte Thomas vorsichtig, räusperte sich auffällig und lauschte in die Dunkelheit, »Michael? Bist du da?« Im Dunkeln ertasteten seine Finger den Lichtschalter neben der Eingangstür und im nächsten Moment erleuchtete der Eingangsbereich und ein langer Flur im schummrigen Licht. Links und rechts führten türlose Durchgänge in die anliegenden Räume und eine schmale Treppe führte in die oberen Stockwerke.

„Nicht erschrecken. Ich bin's nur. Thomas" Wartend stand er im schwachen Licht zwischen den Durchgängen des Esszimmers und des Wohnbereichs. Ein leises Stöhnen schreckte ihn auf. Achtsam wagte er einen neugierigen Blick in das Esszimmer und tastete abermals nach dem Lichtschalter. Das Licht flackerte auf.

Eine Anrichte und ein großer Buffetschrank möblierten den Raum. Bilder an den Wänden und Zimmerpflanzen sorgten für eine heimelige Atmosphäre. Auf der rechten Seite befand sich ein Durchgang in die Küche und ein großer Esstisch mit mehreren Stühlen dominierte die Mitte des Raumes.

Auf einem der Stühle saß ein Mann. Den Oberkörper nach vornegebeugt lag er halb auf dem Tisch und sein Gesicht hatte er in einer Armbeuge verborgen. Wie betrunken und von einem Alptraum gequält stöhnte und seufzte er und bewegte seinen Kopf schwerfällig hin und her.

»Matthias? Bist du das?« Thomas ging auf ihn zu und legte ihm eine flache Hand fürsorglich auf die Schulter. Der Bruder seines Freundes entspannte sich und atmete tief aus. Erst jetzt fielen Thomas die leeren Weinflaschen und die zwei Gläser auf dem Tisch auf, wobei eines davon unbenutzt schien. Mit erhobener Augenbraue nahm er eine der Flaschen vom Tisch und drehte sie in seiner Hand. Ein letzter Rest leuchtete rot durch das grüne Glas. Leise und mit leichtem Kopfschütteln stellte er die Flasche wieder zurück auf den Tisch.

»Ohje«, meinte Thomas leise. Dann legte er irritiert den Kopf in den Nacken und schnupperte. Ein eigenartiger Geruch schwebte im Raum. Dumpfe Schritte im Stockwerk über ihm ließen ihn aufhorchen.

»Michael?« Erwartungsvoll ging Thomas zurück in den Eingangsbereich. Im Flur flackerten die Lichter und auf der obersten Stufe der Treppe entdeckte er eine schemenhafte Gestalt in der Dunkelheit. »Michael?«

Helles Sonnenlicht blendete sein Gesicht. Schützend hob Thomas seine Hand und das Bett knarzte unter seinem Gewicht. Verwirrt blickte er um sich und erkannte das ihm sehr wohl vertraute Gästezimmer im Haus seines Freundes.

»Hä? Hab' ich geschlafen?« Erschöpft ließ er seinen Kopf zurück auf das Kissen fallen und das flackernde Licht des Flures tanzte vor seinen geschlossenen Augenlidern.

»Was ist denn jetzt los?« Thomas befand sich im Eingangsbereich des Hauses. Ein feines Kribbeln jagte über seinen Körper und seine Nackenhaare stellten sich auf. Er warf einen Blick auf das obere Treppenende und vernahm wieder das leise Stöhnen aus dem Esszimmer. Niemand befand sich auf der Treppe und der Flur war leer. Thomas bedachte Matthias mit einem besorgten Blick und spürte eine unangenehme Kälte in seinem Rücken. Kurzerhand schüttelte er sich das ihm lästige Gefühl von seinen Schultern und drehte sich langsam um.

Im Durchgang zum Wohnzimmer stand lautlos ein kleines Mädchen. Es hatte auffallend weißblonde Haare und rötliche Augenringe ließen sie müde wirken. Mit ihrer blassen Haut und dem weißen Kleid hob sie sich gespenstisch vor dem in Dunkelheit gehüllten Wohnzimmer ab, und mit ihren großen Augen starrte sie ihn erwartungsvoll an.

»Hallo du«, sagte er überrascht und freundlich, »Tut mir leid. Hab' ich dich etwa ... geweckt?«

Wortlos hielt das Mädchen ihren Blick auf ihn gerichtet.

»Ich bin Thomas, ein alter Freund deines ... Onkels?«, mutmaßte er und musterte mit einem Lächeln das blasse Mädchen. Sein Freund Michael hatte keine Kinder und von Matthias wusste er zu wenig, außer dass dieser verheiratet war.

Reglos schaute ihn die Kleine an.

»Okay. Ist alles in Ordnung mit dir?«, fragte er und versuchte irgendeine Reaktion in ihr auszulösen, »Geht es dir gut?«

Langsam schüttelte das Mädchen den Kopf.

»Kann ich dir irgendwie helfen?«, fragte Thomas.

27

Das Mädchen nickte. Stumm. Einmal. Dann starrte sie an ihm vorbei in das gegenüberliegende Esszimmer und ihre Augen weiteten sich angsterfüllt.

Thomas blickte auf, hörte das gequälte Stöhnen hinter sich und warf einen schnellen Blick über seine Schulter.

»Warte, Matthias. Ich bin sofort bei dir«, sagte er und wandte sich wieder dem Mädchen zu, »Soll ich ... Hey? Wo bist du?« Die Kleine war fort und er starrte in die tiefe Schwärze des Wohnzimmers.

Quietschend rutschten Stuhlbeine über den Holzboden und Thomas zuckte zusammen. Benommen drehte er sich um und beobachtete, wie sich Matthias mit bebenden Armen und zitternden Beinen auf der Tischplatte aufstützte und hochstemmte. Mit einem Ruck löste sich dieser vom Tisch, stieß den Stuhl beiläufig zur Seite und schlurfte ungelenk und mit wankendem Oberkörper auf Thomas zu. Schwerfällig und pfeifend atmend stakste er durch den Raum. Seine Finger flatterten suchend an seinem ausgestreckten Arm, während seine andere Hand auf seinem Gesicht lag, auf dem sich ein maskenähnliches Gebilde mit dünnen Wurzeln festgeklammert hatte. Unter einem langgezogenen Stöhnen griff Matthias in das hölzerne Geflecht und riss es sich von seinem Gesicht. Rotes Blut spritzte in alle Richtungen. Leere Augenhöhlen glotzten panisch aus dem blutverschmierten Schädel und aus der lippenlosen Totenfratze löste sich ein gellender Schrei.

»Verdammte Scheiße ...?« Thomas schreckte auf und grelles Sonnenlicht schien auf sein Gesicht. Unwillkürlich hob er seine Hand und schirmte seine Augen gegen die unangenehme Helligkeit ab.

»Du hast geträumt«, bemerkte eine ihm vertraute Stimme.

»Was?« Erschrocken fuhr Thomas herum und blinzelte sich das Augenlicht zurück. Er befand sich wieder in dem

Gästezimmer des Forsthauses und lag mit zerknautschter Kleidung auf dem Bett. Auf einem Stuhl neben der Zimmertür saß sein Freund.

»Michael.«

»Hast du jemand anderes erwartet?«, erwiderte dieser mit einem freundlichen Lächeln.

»Michl«, Thomas setzte sich auf und rutschte auf der Bettkante in Richtung des Fußendes, sodass das Sonnenlicht nicht mehr auf sein Gesicht fiel und er seinen Freund durch zwei zusammengekniffene Augen anschauen musste, »Verdammt. Ich … ich …«

»… habe geträumt«, beendete sein Freund den Satz und schmunzelte.

»Ja. Wahrscheinlich. Himmel, war das ein Alptraum.«

»So wie du gestern Nacht gepichelt hast ist das ja auch kein Wunder.«

»Ich hab' … gepichelt?«

»Und wie«, sagte Michael mit einem Lächeln, »Da wurde man ja schon nur vom Zuschauen selber besoffen.«

»Ich hab' 'nen Filmriss.« Thomas schüttelte zweifelnd den Kopf und sah sich prüfend in dem Zimmer um. Hell schien die Morgensonne durch die Fenster und das Gästezimmer sah noch genauso aus, wie er es in Erinnerung hatte. Die weiß gestrichenen Wände wirkten beruhigend, die restaurierten Eichenmöbel verströmten ihren antiken Charme und das geknüpfte Wandbild war ihm ebenso noch vertraut wie das leicht knarzende Bett. Mit einem tiefen Seufzer kippte Thomas zur Seite und ließ sich wieder in das weiche Kopfkissen fallen.

»Nicht gut geschlafen?«

»Überhaupt nicht.« Thomas rieb sich mit seinen Fingerspitzen abwechselnd die Stirn und die Schläfen. Unangenehme Erinnerungen drangen in seinen Kopf und er schloss die Augen, um diese alptraumhaften Bilder aus seinem

Gedächtnis zu bannen. Doch hinter seinen geschlossenen Augenlidern wurden die Bilder nur deutlicher und beängstigender. »Sowas von überhaupt nicht.«

»Warum bist du hier?«, fragte Michael.

Verdutzt nahm Thomas die Hände vom Kopf und setzte sich wieder auf die Bettkante. »Du hast mich angerufen.«

»Schön, dass du da bist«, sagte sein Freund mit einem Lächeln und nickte bestätigend, »Du bist zu mir gekommen.«

»Natürlich«, Thomas zog verwundert die Augenbrauen zusammen, »So aufgebracht wie du am Telefon warst.«

„Es ist alles in Ordnung«, meinte Michael, schüttelte und nickte mit dem Kopf und sprach im ruhigen Ton weiter, »Wenn du möchtest, darfst du dich gerne noch etwas ausruhen. Ich kann dir auch einen Kaffee bringen.«

»Ja, Danke«, murmelte Thomas und wollte das Gespräch zurück auf den seltsamen Anruf führen, »Aber du sagtest etwas über Johanna.«

Michaels Gesichtszüge entgleisten für einen kurzen Moment, um sich im nächsten Augenblick wieder in ein Lächeln zu verwandeln. »Es ist alles in Ordnung.«

»Ich hörte dich was von ›Bauchspeicheldrüsenkrebs‹ sagen.«

»Es ist alles in Ordnung«, wiederholte Michael und hob beschwichtigend seine Hände, »Johanna geht es gut.«

»Wirklich«, Erleichtert atmete Thomas auf uns seufzte sich seinen Zweifel hinfort, »Dann konnten die Ärzte ihr helfen?«

Stumm lächelte Michael ihn freundlich an und senkte in einer leichten Bewegung seinen Kopf.

»Puh«, machte Thomas, setzte seine Füße auf den Boden und erhob sich von dem Bett, »Junge oh Junge. Michl. Du machst mich fertig. Aber Hauptsache Johanna und dir geht es gut. Okay. Ich will euch nicht zur Last fallen. Es reicht wahrscheinlich auch schon, wenn Matthias euch zur Hand geht. Da braucht ihr nicht noch mehr Gäste im Haus. Ich fahre wieder nach Hause. Dann kannst du mehr Zeit für deine Frau aufbringen. Wenn ich euch aber helfen kann und darf, bin ich natürlich jederzeit für euch da.«

»Leg dich ins Bett«, meinte Michael mit einer senkenden Handbewegung.

»Alles gut. Ich brauch nur etwas kaltes Wasser, um mich für die Fahrt wach zu machen.« Thomas erhob sich vom Bett und ging auf die Zimmertüre zu. Unsichtbare Hände packten ihn hart an seinen Schultern und rissen ihn zurück aufs Bett.

Michael erhob sich steif von dem Stuhl. Sein Gesicht verzerrte sich zu einer leblosen Maske und aus seinem offenen Mund grollte eine gurgelnde Stimme. »Leg dich ins Bett.«

»Scheiße!« Thomas hob schützend seine Hände und schlug sich den Kopf am Türrahmen an. Schwach fiel das Mondlicht durch die Fenster des Esszimmers und erhellte nur spärlich den dunklen Raum. Langsam stemmte er sich auf die Beine, hielt sich am Türrahmen fest und schaute in den dunklen Flur, auf die in die Finsternis führende Treppe und versuchte, die Schwärze des Wohnzimmers zu durchdringen. »Was zum Teufel ist hier los?«

›Tommy‹, erklang eine Mädchenstimme in seinem Kopf, ›Komm in die Küche.‹

»Was …?« Thomas schreckte auf. Er glaubte die Stimme in dem Esszimmer wahrzunehmen und starrte suchend in die nächtliche Dunkelheit, die von einem schwachen Mondlichtschleier durchbrochen wurde.

Hinter dem Esstisch kam eine weiße Figur zum Vorschein. Das kleine weißblonde Mädchen mit dem weißen Kleidchen schob sich langsam aus ihrem Versteck hervor und blickte ihn stumm und eindringlich an.

»Ich…« Thomas suchte nach Worten. Angst und Panik stiegen in ihm auf. »Ich versteh das alles nicht. Das ist doch nicht real. Was passiert hier? Was willst du von mir?«

›Komm in die Küche, Tommy. Ich benötige deine Hilfe.‹ Sie löste ihren Blick und verschwand mit verzerrten Bewegungen hinter dem offenen Türrahmen, der in die Küche führte.

»Ich hab' Angst«, flüsterte Thomas und griff sich an die Brust, die sich unter schnellen Atemzügen hob und senkte, »Ich hab' richtig Angst.«

›Du brauchst keine Angst zu haben, Tommy. Du kannst all das hier beenden. Und du wirst die Wahrheit erfahren. Komm in die Küche. Dort findest du das nächste Puzzlestück.‹

»Puzzlestück?«, fragte er sich und folgte mit wild klopfendem Herzen dem Mädchen durch das Esszimmer. Sein Blick streifte den Esstisch und die leeren Weinflaschen und das fleischlose Gesicht Matthias' tauchte vor seinem inneren Auge wieder auf. Umsichtig betrat er die Küche.

»Ich bin da«, sagte er mit erstickter Stimme und versuchte, den dunklen Raum zu erfassen. Schwach schien das Licht des sichelförmigen Mondes durch die Fenster. Zu beiden Seiten reihten sich hellfrontige Küchenschränke aneinander. Die langen Arbeitsplatten waren sauber und aufgeräumt. In der Mitte des Raumes befand sich eine Kücheninsel und an seinem Ende befand sich eine Tür, die in eine Vorratskammer führte.

»Wo bist du«, flüsterte Thomas und ging suchend um die Kücheninsel herum.

»Thomas«, flüsterte eine Frauenstimme, »Du bist zu mir gekommen.«

»Wer ist da?«, fragte er leise und ein kalter Schauer lief über seinen Rücken.

»Du bist zu mir gekommen«, wiederholte die Stimme und kalte Hände packten seinen Kopf.

Thomas schrie und umklammerte die eiskalten Handgelenke, die seinen Kopf zusammenpressten und in die Höhe zogen. Seine Füße verloren den Kontakt zum Boden und er verdrehte seine Augen, um nach oben blicken zu können. »Was ist das?«

Eine Frau hing an der Decke. Ihr Körper wurde von starken Wurzeln an der Zimmerdecke gehalten und lange blonde Haare formten einen Tunnel zu ihrem Gesicht, das von einem feinen Geflecht eingesponnen war. Mit starken Armen zog sie Thomas immer dichter an sich heran und seufzte ihn weinerlich und freundlich an. »Du bist zu mir gekommen.«

›Nimm ihr die Wurzel aus dem Gesicht‹, hörte Thomas die Stimme des Mädchens in seinem Kopf, ›Wie es Matthias selbst getan hatte.‹

»Verdammt!« Thomas griff hektisch nach oben, grub seine Finger in das wirre Geflecht und zog mit aller Kraft. Mit einem lauten Knacken brach das dünne Wurzelgeflecht auf, Blut spritzte ihm entgegen und die kalten Hände ließen ihn los. Hart schlug er auf dem Küchenboden auf, schleuderte das wabernde Wurzelgeflecht weit von fort und blickte entsetzt an die Decke. »Mirjam?«

Langsam öffneten sich die starken Wurzeln und lösten den Frauenkörper von der Decke. Mit steifen Gliedmaßen senkte sie sich hinab, gehalten von einer großen Wurzel, die im Kopf der Frau steckte. »Zu mir gekommen.«

Thomas krabbelte rückwärts über den Boden, bis er die Tür der Vorratskammer in seinem Rücken spürte. Mit Entsetzten starrte er auf Matthias' Frau, die sich ihm mit jauchzen und jammern näherte.

›Sie ist schon zu stark mit dem Haus verbunden‹, hörte er die Stimme des Mädchens in seinem Kopf, ›Du musst es auf eine andere Art zu Ende bringen.‹

»Eine andere Art?« Über Thomas schob sich eine Schublade aus dem Küchenschank und er hörte das feine Klimpern von Besteck. Er schnellte empor, griff in die offene Schublade und zog ein langes Küchenmesser heraus. Mit dem Messergriff fest in der erhobenen Faust erwartete er die Schwägerin seines Freundes.

»Thomas«, schluchzte die an der Wurzel hängende Frau, »Du bist zu mir gekommen.«

»Oh Mirjam«, seufzte Thomas, »Wer hat dir das angetan?«

›Sie ist nicht mehr die Frau, die du kennen gelernt hast‹, hauchte das Mädchen, ›Ihre Seele ist verschwunden. Trenne die Wurzel von ihrem Kopf und töte sie.‹

»Was?« Schockiert blickte Thomas auf Mirjam.

»Thomas.« Das aufgebrochene Geflecht gab die Hälfte ihres Gesichtes frei. Mit toten Augen starrte sie daraus hervor, streckte ihre Arme nach ihm aus und kam ihm bedrohlich nahe.

Er schluckte, schüttelte seinen Kopf und ließ das Messer sinken. »Ich kann das nicht.«

›Die Wurzel‹, wiederholte das kleine Mädchen, ›Durchtrenne die Wurzel.‹

»Nein«, stammelte er und schüttelte abermals mit dem Kopf, »Nein. Das kann ich nicht tun.«

›Du musst es tun‹, sagte das Mädchen und mit einem seltsamen flimmern erschien sie hinter der blonden Frau, ›Er muss kommen.‹

»Wer muss kommen?«, fragte Thomas irritiert.

›Der Sünder.‹ Das Gesicht des Mädchens verzerrte sich zu einer teuflischen Maske und mit einem lauten Knall stießen sämtliche Schubladen auf. Unzählige Küchenmesser, Löffel und Gabeln flogen daraus hervor und bohrten sich in den Kopf und den Körper der Frau.

Thomas zuckte zusammen. Seine Finger lösten sich um den Griff des Küchenmessers und sofort wurde das Messer aus seiner Hand gerissen. Unbarmherzig bohrte sich das lange Küchenmesser in die Stirn der Frau und ein erstickter Schrei löste sich aus ihrer Kehle. Schlaff hing ihr toter Körper von der Decke.

»Mirjam«, Thomas zitterte am ganzen Leib, »Verdammte Scheiße. In was für einem Alptraum bin ich gelandet. Es tut mir so leid.«

›Es braucht dir nicht leidtun. Nun hab ja ich die Arbeit für dich getan‹, meinte das Mädchen, ›Mach sie los und hol sie runter.‹

Behutsam nahm Thomas den Körper der Frau in die Arme. Mit einem schmatzenden Geräusch löste sich der Kopf von der Wurzel und vorsichtig legte er die Frau auf den Boden. Liebevoll streifte er ihr die blonden Haare aus dem Gesicht und ihre leeren Augenhöhlen glotzten ihn traurig und dankbar an.

›Er kommt.‹

»Wer kommt?«, fragte Thomas, doch das kleine Mädchen war wieder verschwunden, »Was ist hier los? Was passiert hier?«

Ein dumpfes Stampfen erklang über ihm. Das ganze Haus knarzte und knackte unter den schweren Schritten und ein dunkler Schatten verdunkelte den Türrahmen.

Rasch kam Thomas auf die Beine, öffnete in seiner Panik die Tür zur Speisekammer und schloss sich leise darin ein. Umsichtig beugte er sich zu dem schlichten Schlüsselloch hinab und versuchte zu erkennen, was in der Küche geschah.

Eine schattenhafte Gestalt betrat die Küche. Prüfend beugte sich der finstere Schatten über die am Boden liegende Mirjam. Dann packte er den leblosen Körper an den Beinen und schleifte ihn aus der Küche.

Thomas wagte kaum zu atmen. Angestrengt lauschte er in die Dunkelheit hinein. Stille und Einsamkeit erfüllten die Küche. Vorsichtig legte er eine Hand auf den Türgriff, drückte ihn sachte nach unten und schob langsam die Türe auf. Thomas wagte einen Schritt aus der Kammer heraus, als ihn eine kalte Hand an der Schulter packte und ihn zurück in die Dunkelheit der Kammer zog. Mit einem Schrei landete er auf dem weichen Gästebett und das helle Sonnenlicht schien ihm ins Gesicht.

»Du sollst dich doch ausruhen«, meinte sein Freund Michael mit einem freundlichen Lächeln, der lässig auf dem Stuhl neben der Zimmertüre saß.

»Das ... wollte ich ja auch.« Thomas schüttelte den Kopf, richtete sich auf und setzte seine Füße auf den Boden.

»Leg dich ins Bett«, forderte sein Freund ihn freundlich auf.

»Was ist hier los?«, fragte Thomas, »Michael. Was für ein Alptraum ist das hier eigentlich?«

»Leg dich ins Bett«, wiederholte sein Freund und lächelte, »Du hattest einen Alptraum.«

»Michael, ich will dir helfen«, sagte Thomas eindringlich.

»Dann leg dich ins Bett«, betonte Michael energisch.

Stumm und durchdringend hielt Thomas dem Blick seines Freundes stand. Er versuchte die Maske zu durchblicken und suchte seinen Freund in dem aufgesetzt lächelnden Gesicht. Er seufzte, atmete tief durch und stand auf. »Nein«, sprach er und ging mit festen Schritten auf die Zimmertüre zu, »Ich werde dir jetzt helfen, aus diesem Alptraum auszubrechen. Schlafen kann ich danach.«

Wie in Zeitlupe erhob sich Michael von dem Stuhl und mit einem kehligen Röcheln verzerrte sich sein Gesicht zu einer bizarren Maske. Sein Körper zerfaserte zu einem dunklen Schatten und mit langen Armen und gierigen Fingern griff er nach Thomas, der sich vor Schreck wegduckte, an Michael vorbeistolperte und mit dem Ellbogen die Türklinke herunterdrückte.

Ungelenk stürzte Thomas aus dem Zimmer und knallte auf den Fliesenboden. Schnell rollte er über den Boden und starrte in die offene Speisekammertür. In der Dunkelheit der Vorratskammer glaubte er den Umriss eines noch düsteren Schattens zu erkennen.

»Michael?«, flüsterte Thomas unsicher dem Schatten zu. Sekunden verstrichen. Nach einem längeren Moment atmete er erleichtert aus, richtete sich auf und stützte sich auf seine Hände.

Eine schattenhafte Gestalt stürmte aus der Kammer auf ihn zu und versuchte mit kräftigen Armen und langgliedrigen Fingern seine Beine zu fassen.

Kalte Hände packten Thomas an seinen Schultern, schleiften ihn über den Fliesenboden und warfen ihn aus der Küche hinaus. Hart knallte er gegen den Esstisch, stolperte benommen vornüber und bremste seinen Sturz mit beiden Händen.

›Aufstehen!‹

Harsch erklang der kindliche Befehl in seinem Kopf und nur mühsam folgte er der Anweisung, stemmte sich auf seine wackeligen Beine und taumelte aus dem Esszimmer. Schwer atmend hielt er sich am Treppengeländer fest.

Dumpfe Schritte donnerten über ihm wie ein zorniges Gewitter und folgten ihm in den Flur.

›Nach unten‹, befahl die Mädchenstimme.

»Was? Okay.« Mit stechenden Schmerzen im Brustkorb torkelte er den Flur entlang, bis sich vor ihm eine schmale Tür in der Flurwand öffnete. Stöhnend ließ er sich durch die offene Tür fallen, prallte gegen die Wand und mit einem lauten Knall schlug die Kellertür hinter ihm zu.

»Ich versteh es nicht«, jammerte Thomas kopfschüttelnd, rutschte an der Wand hinab und setzte sich in der völligen Finsternis auf den kalten Boden, »Was ist hier los?«

Harte Schläge donnerten brutal gegen die Kellertür und ein grollender Schrei dröhnte durch die Tür.

»Was ist das?«, schrie Thomas verstört durch die geschlossene Tür, »Was verfluchte Scheiße nochmal ist das?«

Plötzlich war es still und besorgt klang die Stimme seines Freundes durch das Holz. »Thomas?«

»Michael?«, Thomas schwanden die Sinne und er fühlte sich dem Wahnsinn nahe, »Michael, bist du das?«

»Natürlich bin ich es«, erwiderte sein Freund, »Was stimmt mit dir nicht?«

»Was mit mir …«, Thomas hob mit geschlossenen Lidern die Augenbrauen und kicherte leise in sich hinein, »… mit mir?«

»Komm schon, Thomas. Mach die Tür auf und lass dir helfen.«

»Nein. Ich muss dir helfen«, krächzte er, fuhr sich mit seiner Zunge über die trockenen Lippen und öffnete langsam die Augen.

Vor ihm leuchtete das weiße Geistermädchen in der Dunkelheit und blickte ihm unbefangen ins Gesicht. Langsam schüttelte sie ihren Kopf und deutete stumm mit dem Finger die Treppe hinab.

»Ist jemand bei dir, Thomas?«

Thomas öffnete den Mund und wollte antworten, doch das Mädchen legte einen Zeigefinger an die Lippen und deutete abermals mit dem Finger die Kellertreppe nach unten. Dann wandte sie sich um und stieg die Stufen hinab.

»Thomas«, brüllte Michael hinter der Kellertür und seine Stimme wurde bei jedem einzelnen Wort tiefer und unmenschlicher, »Thomas. Wer ist da bei dir? Sag es mir, Thomas. Thomas.«

Leise rappelte sich Thomas auf und folgte ihr. Die Rufe und das donnernde Klopfen schwanden in der Dunkelheit. Mit einer Hand an der Wand und Schritt um Schritt ertastete er sich jede einzelne Stufe. Das Geistermädchen leuchtete vor ihm wie ein weißes Irrlicht in der Finsternis. Plötzlich stieg ihm ein abscheulicher Geruch in die Nase und die Luft wurde feucht und warm. Er verzog sein Gesicht, schluckte und schüttelte sich und das weiße Geisterleuchten war verschwunden.

»Mädchen?«, flüsterte er scharf in die Dunkelheit hinein, »Hey Mädchen? Wo bist du?«

Seine Füße hatten das Ende der Kellertreppe erreicht und langsam tastete er sich um eine Ecke herum. Nur wenige Schritte entfernt leuchtete das Geistermädchen und sah ihn mit ihrem gewohnt ernsten Blick an.

›Öffne deine Hand.‹

Stumm nickend folgte er ihrer Anweisung und spürte im nächsten Moment einen kalten, zylinderförmigen Gegenstand auf seiner Handfläche. Sein Daumen fühlte einen gummiweichen Knopf und im nächsten Moment durchschnitt ein gelber Lichtstrahl die Dunkelheit. Mit zusammengekniffenen Augen und einem genervten Stöhnen wandte er seinen Blick von der plötzlichen Helligkeit ab und der Strahl tanzte wild durch die Finsternis, bis er sich an das Licht der Taschenlampe gewöhnt hatten. Dann ließ er den Lichtstrahl neugierig durch den Raum gleiten.

Ein bizarres Konstrukt schälte sich aus der Dunkelheit. Unzählige heruntergebrannte Kerzen bildeten einen zimmergroßen Kreis und markierten ein auf den Boden gemaltes Pentagramm. In seiner Mitte befand sich ein

Krankenbett, in dem der schlafende Körper einer Frau lag, eingewoben in ein Geflecht aus fingerdicken Wurzeln.

Entsetzt und angewidert näherte sich Thomas vorsichtig dem schrecklichen Gebilde und betrachtete es mit einer unwiderstehlichen Faszination.

Die erdfarbenen Wurzeln waren mit der Haut der Frau verwachsen, bewegten sich kaum wahrnehmbar und führten auf das Kopfende des Bettes zu, an dem sich ein Zylinder aus Wurzelwerk befand, das vom Boden bis zur Decke reichte. In dem menschlichen Körper, der in der Mitte des Zylinders eingewoben war, erkannte er seinen Freund Michael.

»Oh, Michael«, seufzte Thomas und konnte seinen Blick nicht abwenden, »Was … Warum?«

›Dein Freund hat den Tod betrogen‹, sagte das Geistermädchen und betrachtete abfällig und hasserfüllt den eingesponnenen Mann, ›Und das Leben. Und du kannst mir helfen, diesen Fluch zu beenden.‹

»Fluch?« Ungläubig blickte Thomas von dem Gebilde zu dem Mädchen und wieder zurück und hob interessiert seine Hand.

›Berühre nicht die Wurzeln‹, mahnte das Geistermädchen, ›Sonst ergeht es dir ebenso wie seinem Bruder und dessen Frau.‹

»Michael hat ihnen das angetan? Aber warum?«

›Er füllt das Haus mit Leben. Und gibt es seiner Frau. Damit sie nicht ihrer unheilbaren Krankheit erliegt.‹

»Oh Michael. Was tust du da?«, Thomas hielt sich die Hand vor den Mund und kämpfte gegen die Tränen.

»Komm zu mir, Thomas.« Gespenstisch hauchten die Worte durch den dunklen Kellerraum. Michael öffnete seine Augen und starrte Thomas eindringlich aus dem Gespinst heraus an. »Komm zu mir.«

»Nein, Michael«, sagte Thomas kopfschüttelnd, »Ich kann nicht. Und ich werd' auch nicht.«

›Komm schon, Tommy. Erlöse ihn von dem Fluch‹, erinnerte ihn das Mädchen, ›Seine Frau muss sich dem Tod stellen. Wie wir alle.‹

»Aber wie?«

›In seinen Händen hält er ein kleines Wurzelstück. Und eine Taschenuhr. Ich kann das Geflecht entfernen, aber du musst ihm diese zwei Gegenstände aus den Händen reißen.‹

»Okay«, willigte Thomas in seiner Verzweiflung ein, zuckte mit den Schultern und machte eine einladende Geste, »Dann leg los.«

›Geh bitte einen Schritt beiseite‹, riet ihm das Mädchen und selbstbewusst ging sie auf das Gebilde zu. Ihr kindliches Gesicht verfinsterte sich und ihre Lippen verzogen sich zu einem hämischen Grinsen.

»Die Angst ist tief in mir erwacht,

und hat den kalten Zorn entfacht.

Zu dir bin ich zurückgekommen,

um das zu hol 'n, was du genommen.«

Mit einem markerschütternden Knall fiel ein klappbarer Stahlwerkzeugkasten aus einem Kellerregal. Thomas schwenkte die Taschenlampe und beobachtete, wie die verschiedenen Werkzeuge über den Boden rollten und zu einem geisterhaften Eigenleben erwachten. Sie zuckten und wackelten, erhoben sich und schossen durch die Luft. Zangen und Schraubenschlüssel schlugen gegen den bizarren Zylinder, Schraubendreher bohrten sich in das Geflecht und zerschnitten die Wurzeln. Unzählige Wurzelstücke fielen aus dem Konstrukt und ein ohrenbetäubender Schrei löste sich aus Michaels Kehle. Das Geflecht zerbröselte und vorsichtig schritt Thomas durch das Pentagramm, darauf bedacht, keine Wurzel zu berühren.

»Thomas?«, aus müden Augen beobachtete Michael, wie sich ihm sein Freund mit ausgestreckten Armen näherte, »Was tust du?«

Die Taschenlampe klemmte sich Thomas zwischen Kiefer und Schulter. Zielstrebig packte er die vor der Brust verschränkten Fäuste seines Freundes und zog sie zu sich heran. Kräftig drückte er die Handknochen zusammen, dass sich die starren Fäuste öffneten. Zwischen den kalten Fingern tauchten die zwei Gegenstände auf, nach denen das Geistermädchen verlangt hatte. Schnell entriss er den Händen die Taschenuhr und die kleine Wurzel, die sich in die Handfläche seines Freundes bohrte.

»Nein.« Der Blick Michaels erstarrte und ein kehliges Röcheln erklang aus seiner Kehle. Seine Haut wurde trocken und rissig und seine glanzlosen Augen rollten in ihre Höhlen.

»Es tut mir so leid«, sagte Thomas und Tränen rannen ihm über die Wangen.

›Es braucht dir nicht leid zu tun, Tommy‹, sagte das Mädchen, ›Er hatte dieses Schicksal schon vor langer Zeit gewählt.‹

»Das ist doch alles Wahnsinn.« Er seufzte tief und schüttelte den Kopf, als eine kalte Hand sein Handgelenk schwach umschloss. Überrascht zuckte er zusammen. »Johanna.«

»Danke, Thomas«, hauchte Johanna. Eine Träne löste sich aus einem Augenwinkel und mit einem erleichterten Stöhnen schloss sie ihre Augen. Langsam entspannten sich ihre Muskeln und friedlich sank sie in sich zusammen.

Thomas lehnte sich an die Bettkante und rutschte langsam an dem Krankenbett hinab. Unsanft setzte er sich auf den Boden, zog die Knie an und vergrub sein Gesicht in den Ellbogen.

›Darf ich dich um die zwei Gegenstände bitten?‹ Erwartungsvoll stand das Geistermädchen vor ihm und streckte bittend die Hände aus.

Er nickte, zwang sich zu einem Lächeln und legte die Taschenuhr und die Wurzel in die offenen Handflächen des weißblonden Geistermädchens.

›Ich danke dir, Tommy. Du hast in dieser Nacht viele Seelen befreit. Ich werde dir das nie vergessen.‹ Mit diesen Worten und einem glücklichen Lächeln legte sie die ausgestreckten Finger ihrer rechten Hand an die Schläfe und verschmolz mit den Schatten.

Lange saß Thomas neben dem Krankenbett. Die Taschenlampe leuchtete starr auf den Boden. Unzählige Gedanken trieben durch seinen Kopf. Dann stand er auf und leuchtete sich den Weg zur Treppe. Er setzte einen Fuß auf die unterste Stufe und wandte sich noch einmal dem bizarren Konstrukt und seinen toten Freunden um.

»Ich kümmere mich um alles«, sagte er, nickte und ging die Treppe hinauf.

00:27 Uhr

Und so endet die erste Geschichte.«

Langsam klappte ich das Buch zu und hielt meinen Kopf gesenkt, um nicht plötzlich etwas in der mich umgebenden Dunkelheit zu sehen, zu dem ich insgeheim noch nicht bereit war. Ich bettete das Buch in meinen Schoß und starrte auf die Kerze, deren kleine Flamme sich sanft um den Docht schmiegte. Die Dunkelheit vergrößerte sich und ich lauschte gespannt in die mich umgebende Stille. Ich wagte nicht, meine Augen zu schließen. Mit verstohlenen Seitenblicken sah ich mich um. Nichts hatte sich in dem Raum verändert, während ich die Geschichte vorgelesen hatte. Der Kellerraum wurde weiterhin von dieser unerträglichen Schwärze erfüllt, und nur meine Kerze bildete eine kleine Insel aus Licht in diesem Meer der Finsternis.

Ein Kratzen in meinem Hals reizte mich und ich unterdrückte den Huster, der in diesem Augenblick meiner trockenen Kehle entweichen wollte.

Sorgfältig zog ich den Rucksack vor mich, öffnete so achtsam und leise ich es nur konnte den Reißverschluss und holte die kleine Trinkflasche hervor. Das Zischen, das der Verschluss beim Öffnen von sich gab, hallte für einen kurzen Moment durch den Raum. Mit halb geöffneten Augenlidern setzte ich die Flasche an meine Lippen und trank einen kräftigen Schluck, um meinen Hals ausreichend zu befeuchten und meine Stimmbänder wieder geschmeidig zu bekommen. Mit zugeschraubtem Deckel verstaute ich die Trinkflasche, schulterte den Rucksack und wartete.

Die Stille erreichte einen Punkt der Unerträglichkeit.

»Euer Schweigen deute ich als stille Zustimmung«, bemerkte ich frech, atmete tief durch und räusperte mich, »Gut. Dann lese ich jetzt die zweite Geschichte :

LUISA

27. September 1986

Luisa rutschte tiefer in den Rücksitz des roten Kleinwagens, der über den unebenen Waldweg schoss. Mit großen Augen starrte sie aus dem Autofenster und beobachtete die hohen Bäume, die wie neugierige Riesen am Wegesrand standen und schattenhaft an dem Wagen vorbeieilten. Die Nacht hatte sich wie eine bedrohliche Decke über den Odenwald gelegt und nur der bleiche Halbmond leuchtete einsam am dunkelblauen Himmelszelt.

»Können wir nicht woanders hinfahren?«, fragte sie vorsichtig und es gelang ihr nicht, die Unsicherheit in ihrer Stimme zu überspielen.

Markus quittierte ihre Frage mit einem kleinen Lächeln und einem schlichten »Nö«, während er seinen Kopf nur geringfügig in ihre Richtung drehte und seine Aufmerksamkeit weiterhin der holprigen Straße schenkte. »Außerdem wolltest du doch unbedingt mitkommen.«

»Ja«, gestand sie mit einem gequälten Gesichtsausdruck und erkannte, dass ihre Bitte nicht durchdacht genug gewesen war, ihre älteren Brüder auf eine nächtliche Tour begleiten zu dürfen.

»Und ohne dich würde es doch nur halb so viel Spaß machen«, fügte Lukas hinzu und klatschte dabei rhythmisch auf seine Oberschenkel, bis er zusammenzuckte und erschrocken seine Hände gegen das Armaturenbrett presste, »Hey! Vorsicht!«

»Entspann dich, Mann«, zischte Markus seinen kleinen Bruder an und lenkte den Golf GTI wieder in die Mitte des Waldweges, »Ich hab' 'nen Führerschein.«

»Seit vier Wochen«, betonte Lukas.

»Ja und?«, Markus hob fragend die Schultern, »Trotzdem hab' ich meinen Lappen. Bin ja auch kein Baby mehr so wie du.«

»Hey! In drei Jahren hab' ich auch meinen Lappen«, wehrte sich Lukas.

»Abwarten«, kommentierte Markus und lenkte den Golf um das nächste Schlagloch herum.

Luisa verschränkte ihre Arme vor der Brust und rutschte noch etwas tiefer in den Rücksitz. Sie schloss ihre Augen und lauschte dem Motorengeräusch. »Spaß«, wiederholte sie leise und atmete tief durch die Nase. Beinahe hätte sie vergessen, dass sie immer die Leidtragende war, wenn ihre Brüder von Spaß redeten. In diesem Moment bedauerte sie, dass sich ihre Eltern mal wieder einen schönen Abend bei Freunden gönnten und sie alleine mit ihren Brüdern zu Hause blieb. Mit ihren neun Jahren fühlte sie sich alt genug, um für einen Abend alleine in ihrem Kinderzimmer ein Buch zu lesen und sich danach selbst ins Bett zu bringen. Aber dieses Gefühl und der Wunsch, mit den älteren Brüdern gemeinsam etwas zu unternehmen, war an diesem Abend einfach zu stark gewesen.

»Hast du die Kassette schon zurückgespult und in die Hülle gepackt?«, hörte sie ihren ältesten Bruder leise fragen, »Tobi bringt mich sonst um, wenn er den Film am Montag nicht wieder zurückbekommt.«

»Ja, natürlich«, beschwerte sich Lukas, »Was denkst du denn von mir? Obwohl ich die VHS am liebsten behalten würde. Ey, Freddy ist ja mal so endgeil drauf. Ich hoff', die machen noch mehr Filme mit dem. Gell, Luisa? Findest du doch auch.«

Mit einem Kopfnicken und einem leisen »Total« versuchte Luisa, die Bilder des Horrorfilmes, für den sie definitiv noch zu jung gewesen war, zu verdrängen. Aber sobald sich ihre Eltern an ihren Ausgeh-Abenden verabschiedet hatten, schob Markus immer einen Horrorfilm in den VHS-Rekorder. Blutig, brutal und bestenfalls noch verboten.

»Papa würde uns den Arsch aufreißen, wenn er oder Mama den Film in unserem Zimmer finden würde. Tobi hat erzählt, dass der Film auch schon aufm Index gelandet ist. Deshalb will er die Kassette auch wieder. Die kriegste mittlerweile nirgends mehr. Zumindest nicht legal.«

»Ätzend«, murmelte Lukas, »Ey. Da geht's doch rein.«

»Stimmt.« Markus trat so stark auf die Bremse, dass Luisa trotz des angelegten Gurtes gegen die Rückseite des Beifahrersitzes geschleudert wurde, fuhr die wenigen Meter wieder zurück und bog in den dunklen Weg ein, der tief in den Wald hinein und den Berg hinaufführte. Die Scheinwerfer beleuchteten nur spärlich die schmale Straße und der Motor beschwerte sich wegen des Anstiegs. Der Waldweg forderte den Wagen und Markus' Fahrkünste noch mehr, dass dieser einen Gang herunterschalten musste, um den Motor nicht abzuwürgen.

Mit beiden Händen klammerte sich Luisa an dem Gurt fest. Ihr Körper wurde hin und her geworfen. Dann entspannten sich die Stoßdämpfer, der Motor brummte wieder leiser und Mondlicht fiel durch die Fenster. Sie öffnete ihre Augen und schaute dem Mond in sein silberweißes Halbgesicht.

Der Wagen stoppte und der Motor erstarb. Die Autotüren wurden geöffnet und kühle Abendluft strömte in das Innere des Wagens. Luisa hörte die knirschenden Schritte ihrer

Brüder auf dem Schotter. Neugierig richtete sie sich auf und blickte zuerst aus dem Autofenster. Sie kannte diesen Platz.

Auf der weitläufigen Lichtung befand sich die alte Waldarbeiterscheune, die während der Sommermonate von den Vereinen des Dorfes als Festgelände genutzt wurde. Doch in der nächtlichen Dunkelheit war nichts von der sonst so festlichen Atmosphäre zu spüren. Von großflächigen Wiesen umrandet, lag die Scheune wie ein gewaltiges Ungeheuer auf dem Platz, ruhend und wartend, bis sich ihr nächstes Opfer nähern würde.

»Auf Luisa, komm«, rief Lukas und stolperte Markus hinterher, der den schwerfälligen Riegel des Scheunentores mit einem leisen Quietschen zur Seite schob.

Mit wild klopfendem Herzen löste Luisa den Gurt und schob den seitlichen Hebel am Beifahrersitz nach oben, kippte die Rückenlehne nach vorne und stieg aus. Mit einem kalten Kribbeln im Nacken ging sie auf die Scheune zu.

»Wo bleibst du denn?«, fragte Lukas, der bereits an dem offenen Schiebetor wartete. Von Markus war nichts zu sehen.

»Ich komm doch schon«, antwortete Luisa leicht aufgeregt und schlang die Arme um ihren Oberkörper. Sie konnte sich selbst nicht erklären, ob sie wegen der Abendkühle oder der Aufregung fröstelte. Zielstrebig ging sie auf die Scheune zu. Der leuchtende Halbmond stand hoch am wolkenlosen Nachthimmel und die hohen Laubbäume umringten die große Lichtung wie eine schwarze Wand aus stummen Zeugen. Eine unheimliche Stille erfüllte den Platz.

»Lukas? Markus?« Ihre Brüder waren verschwunden. Das tiefschwarze Rechteck des offenen Tores gähnte leer in der dunkelgrauen Scheunenfront. »Markus? Bist du da drin?«, fragte sie leise vor dem offenen Tor, »Warum machst du kein Licht? Lukas?« Langsam und mit einem ausgestreckten Arm ging sie in die Scheune hinein. Angestrengt versuchte sie, ihre

Augen an die Dunkelheit zu gewöhnen. »Und was machen wir jetzt hier?«

»Nun, was wir machen, wissen wir«, hörte sie ihren großen Bruder sagen und mit einem Quietschen und einem Knall fiel das Schiebetor zu. Der Bolzenriegel wurde zugeschoben und der äußere Sicherungssplint rutschte hörbar in die Halterung.

»Hey«, rief Luisa und rannte in der Dunkelheit auf das Tor zu, schlug mit den Fäusten gegen das grob bearbeitete Holz und rüttelte verzweifelt am innenseitigen Griff des Doppelschubriegels, »Was macht ihr da?«

Sie hörte noch das fiese Lachen ihrer Brüder, der Motor des Autos brummte auf und die Reifen rutschten über den Schotter.

»Hey! Kommt zurück. Was soll das? Lasst mich nicht allein«, schrie sie verzweifelt und hämmerte mit Händen und Füßen gegen das Tor, warf sich mit der Schulter dagegen und zerrte mit aller Kraft am Riegel. »Ihr Arschlöcher!«

Trotzig und resignierend warf sie sich mit dem Rücken gegen das Tor und rieb sich die schmerzenden Hände. Ihr Herz schlug ihr bis zum Hals. Tränen aus Zorn und Verzweiflung rannen über ihre Wangen. »Ihr Arschlöcher«, wiederholte sie leise, rutschte mit dem Rücken am Tor hinab und setzte sich auf den kalten Betonboden, »Ich tret' euch in die Eier, wenn ihr zurückkommt.« Mit dem Handrücken wischte sie sich die Tränen aus dem Gesicht und ließ ihren Blick durch die Finsternis der Scheune schweifen. Nach und nach gewöhnten sich ihre Augen an die Dunkelheit, und die hellen Flecken, die das Mondlicht durch die wenigen kleinen Fenster auf den Boden malte, gaben ihr eine kleine Orientierung.

Neben einem großen Schlepper befand sich ein Forstwagen und ein Rückewagen. Die Bierzeltgarnituren und die Gasgriller waren in einem Nebenraum eingeschlossen und mit einem Vorhängeschloss gesichert. Die Fenster waren zu hoch und unerreichbar, als dass sie sie als Fluchtmöglichkeit hätte benutzen können.

»Ihr blöden Penner«, beschimpfte sie ihre Brüder im Stillen und hoffte, dass sie bald wieder auftauchen würden, um ihren Scherz vor ihr auskosten zu können. Sie schloss ihre Augen, hämmerte mit ihrem Hinterkopf dreimal gegen das Holztor und vergrub das Gesicht in ihren Armen, die sie auf den Knien abgelegt hatte. Ein tiefer Seufzer löste sich in ihrer Brust und eine kalte Hand streichelte ihr sanft übers Haar.

Mit einem gellenden Schrei warf sich Luisa rücklings auf den Boden. Die Panik explodierte in ihrem Kopf und der Schrecken fuhr in ihre Glieder. Angsterfüllt hob sie schützend ihre Hände.

Vor ihr stand ein blasses Mädchen in einem weißen Kleid. Rotgelockte Haare umrahmten ihr Gesicht und mit großen, dunklen Augen schaute sie Luisa traurig an.

»Oh verdammt«, stammelte Luisa und atmete stoßweise, »Du hast mich zu Tode erschreckt.« Erleichtert legte sie eine Hand auf ihre Brust und versuchte, ihr wild klopfendes Herz zu beruhigen. Tief atmete sie aus und setzte sich wieder auf, schluckte den Schrecken hinunter und schaute das Mädchen neugierig und verwirrt an. »Wer bist du? Und was machst du hier mitten in der Nacht?«

»Das könnte ich auch dich fragen«, sagte das rothaarige Mädchen mit einer flüsternden Stimme.

Nach einem weiteren tiefen Atemzug lächelte Luisa das Mädchen mit einem schiefen Grinsen an, kreuzte ihre Beine und kratzte sich verlegen am Hals. »Tja«, meinte sie, »Das ist 'ne blöde Geschichte über zwei noch blödere Brüder. Ich weiß auch nicht. Wegen einem schlechten Scherz bin ich hier. Und was hat dich hierher verschlagen?«

»Meine Schwestern«, antwortete das Mädchen.

»Ohje«, seufzte Luisa, »Dann bist du auch so ein Geschwisteropfer?«

»Nicht so wirklich«, korrigierte das rothaarige Mädchen und zupfte mit ihren zarten Fingerspitzen an ihrem weißen Kleid, »In Wahrheit sind es nicht meine richtigen Schwestern. Aber wir sind wie Schwestern großgeworden.«

»Okay«, meinte Luisa und zuckte leicht mit den Schultern, »Geht mich ja eigentlich auch gar nix an. Aber kommen deine … Schwestern … gleich wieder um uns hier rauszulassen? Weil bei meinen Brüdern bin ich mir da nicht so sicher, wann die wieder auftauchen.«

»Meine Schwestern kommen nicht hierher«, sagte das Mädchen, »Ich muss zu ihnen.«

»Okay«, Luisa nickte und presste ernüchternd die Lippen aufeinander, »Dann bist du also doch genauso beschissen dran wie ich. Übrigens, ich bin Luisa.«

»Mein Name ist Macy«, stellte sich das Mädchen vor und ging einen Schritt zurück in die Dunkelheit.

»Macy?«, wiederholte Luisa und hob interessiert die Augenbrauen, »Ein ungewöhnlicher Name für diese Gegend.«

»Mein Dad kam vor vielen Jahren als Soldat aus Amerika hierher nach Deutschland«, erklärte sie mit leiser Stimme.

»Boah geil«, nickte Luisa anerkennend, »Da werd' ich ja richtig neidisch. Wie alt bist du?«

»Ich wurde neun Jahre alt«, antwortete Macy und warf ihr einen traurigen Blick zu.

»Ich bin auch Neun«, rief Luisa überrascht und schenkte ihr ein aufrichtiges Lächeln, »Krasser Zufall. Hm. Und ich würde dich auch gerne zu deinen Schwestern begleiten. Wenn uns meine Brüder nicht hier drinnen eingeschlossen hätten.«

Mit leisen Schritten ging Macy an das Tor und legte eine Hand auf den Griff des Doppelschubriegels.

»Das Tor ist verschlossen«, meinte Luisa mit einem Kopfschütteln, »Ich hab's schon versucht.«

Quietschend schob Macy den Riegel mit einem Ruck zurück, entfernte sich wenige Schritte von dem Tor und schaute Luisa mit ihren traurigen Augen an.

»Wa …?« Luisa hob überrascht die Augenbrauen und starrte ungläubig den verschobenen Riegel an. »Echt jetzt? Wie hast du denn das geschafft?«

»Bestimmt hast du schon gute Vorarbeit geleistet«, vermutete Macy und trat schüchtern einen kleinen Schritt zur Seite.

»Sieht fast so aus«, mutmaßte Luisa und erhob sich aus ihrem Schneidersitz. Begleitet von dem leisen Quietschen der Laufrollen schob sie das Holztor auf. Das Mondlicht verdrängte ein wenig die Dunkelheit in der Scheune und eine tiefe Erleichterung zauberte Luisa ein Lächeln aufs Gesicht. »Meine Brüder werden ziemlich blöd aus der Wäsche gucken, falls sie zurückkommen und ich nicht mehr da bin. Ha. Komm, Macy. Lass' uns unsere Geschwister suchen gehen. Wenn wir meine Brüder zuerst finden, können wir vielleicht den Spieß ja auch umdrehen.« Frech grinsend streckte sie dem blassen Mädchen eine Hand entgegen.

»Vielleicht«, stimmte Macy mit einem schüchternen Lächeln zu und nahm ihre Hand.

»Oh. Deine Hand ist aber kalt.« Ein Schauer lief Luisa über den Rücken und fröstelnd hob sie die Schultern. »Frierst du?«

»Nein«, widersprach das rothaarige Mädchen mit einem leichten Kopfschütteln, »Mir ist nicht kalt. Komm mit. Wir müssen da lang gehen.« Zielstrebig ging die blasse Macy um die Scheune herum und zog Luisa zu einer Schotterstraße, die geradewegs auf den Waldrand hinführte.

»Woher weißt du das?«

»Ich habe gehört, dass das Auto deiner Brüder dort entlanggefahren ist.«

»Und deine Schwestern finden wir auch in dieser Richtung?«

»Ja«, antwortete Macy knapp und Luisa folgte ihr mit einem bestätigenden Nicken und einem leisen »Okay«.

Hand in Hand spazierten sie über die Schotterstraße. Der silberne Halbmond neigte sich bereits den Wipfeln der Bäume zu und der geduldig wartende Waldrand empfing die beiden Mädchen mit seiner nächtlich düsteren Atmosphäre. Das Licht des Mondes durchdrang kaum das dichte Blattwerk der Bäume und ein stetes Rascheln aus den Baumkronen untermalte leise die Verlassenheit des Waldes.

Die kühle Hand und der stoische Blick der kleinen Macy schenkten Luisa eine innere Ruhe. Flach atmete sie durch ihre leicht geöffneten Lippen und schmeckte den kühlen Duft des jungen Herbstes in ihrem Mund. Aufmerksam lauschte sie in die Dunkelheit und ihr Blick sprang zwischen den schlanken Stämmen hin und her.

Der Odenwald lag in einer sanften Stille. Kein Lebenszeichen war zwischen den Bäumen auszumachen. Dann schälte sich in weiter Ferne ein roter Punkt aus der Dunkelheit.

»Das muss das Auto meines Bruders sein«, flüsterte Luisa und hoffnungsvoll huschte ein leichtes Lächeln über ihr Gesicht. Doch beim Näherkommen erkannte sie, dass sich der Golf nicht auf dem Schotterweg befand, sondern abseits der Straße vor einem Baum parkte. »Da stimmt doch was nicht. Oder was glaubst du? Macy?«

Das rothaarige Mädchen reagierte nicht auf die Frage. Mit dem unbeirrten Blick ihrer traurigen Augen starrte sie den roten Kleinwagen an und bewegte sich geradewegs darauf zu.

Wie ein totes Tier stand das Auto im Wald. Der Motor schwieg, die Lichter waren aus und die Motorhaube umschloss den kräftigen Stamm eines Baumes.

»Oh nein. Markus!«, rief Luisa, ließ Macys Hand los und eilte auf den Wagen zu, der frontal gegen einen Baum gefahren war. Die Scheiben waren durch den Aufprall zerbrochen und die Fahrertür hing verbogen und leise quietschend an seinen Scharnieren. Auf dem Fahrersitz saß ihr Bruder Markus. Sein Kopf hing unbequem nach vorne und auf seinem gelben T-Shirt glänzte ein großer roter Fleck.

»Nein. Nein. Nein. Markus.« Schockiert stieß Luisa die Wagentüre auf und ließ ihre flachen Hände über seinen Körper schweben. Sie wagte es nicht, ihn zu berühren und hoffte, dass dieses schreckliche Bild eine Illusion blieb, solange sie es nicht durch eine Berührung in Realität verwandeln würde. »Macy. Was soll ich tun? Macy?«

Das rothaarige Mädchen war verschwunden.

»Macy?« Irritiert zog Luisa ihren Kopf aus dem Innenraum des Wagens und schaute sich nach dem blassen Mädchen um. »Macy, wo bist du?« Ungläubig ging sie zurück auf den Schotterweg und drehte sich in alle Richtungen. »Aber … Sie war doch da. Ich hab' doch mit ihr geredet. Ich bin doch nicht blöd.« Verzweifelt ging sie zurück zum Auto und starrte in das erhobene Gesicht und die offenen Augen ihres Bruders. »Markus!«

Markus wackelte mit dem Kopf und schaute seine Schwester mit großen Augen an. Seine Hände stießen ruckartig aus dem Auto heraus und hielten sich kraftvoll an den Türrahmen fest. Langsam zog er sich aus dem Fahrersitz heraus, suchte den Halt auf seinen wackeligen Beinen und starrte mit stummem Blick in den baumkronenverdeckten Himmel.

»Markus«, seufzte sie erleichtert, atmete tief durch und legte ihre Hand auf die kalte Wange ihres Bruders, »Oh mein Gott, ich bin so froh. Wo ist Lukas? Ist er nicht bei dir?« Suchend schaute sie in das Wageninnere, kontrollierte den Beifahrersitz und die Rückbank und ging um das Auto herum. »Ich bin mit einem Mädchen hierhergekommen, vielleicht hat sie ihn ja gefunden. Markus?« Luisa beugte sich vor und schaute durch die zerbrochenen Scheiben der Beifahrerseite. Ihr Bruder war fort. Aufgeregt und an sich selbst zweifelnd stampfte sie zur Fahrerseite. »Spinn ich oder träum ich. Oder dreh ich jetzt vollkommen durch? Was ist denn heute Nacht bloß los? Wollt ihr mich alle verarschen? Markus?« Mehrmals drehte sich Luisa um die eigene Achse, überblickte die Straße und stierte in die Dunkelheit des Waldes.

Plötzlich tauchte ihr großer Bruder zwischen den Bäumen auf, wankte und taumelte in die Tiefe des Waldes.

»Markus!«, rief sie ihrem Bruder hinterher, »Bleib doch hier beim Wagen. Wir müssen dich doch in ein Krankenhaus bringen. Irgendwie. Oh Mensch!« Aufgebracht rannte Luisa ihrem Bruder hinterher und folgte ihm in das Innere des Waldes. Immer wieder verlor sie ihn aus den Augen, bis er endlich mehrere Meter entfernt zwischen den Bäumen wieder auftauchte. »Jetzt bleib doch stehen. Markus! Lukas? Macy!«

Verärgert irrte Luisa einsam durch den nächtlichen Odenwald. Mit wilden Blicken hielt sie verzweifelt Ausschau nach dem gelben T-Shirt ihres großen Bruders, dem orangenen Pullover ihres mittleren Bruders und dem weißen Kleid des rothaarigen Mädchens. Die graue Dunkelheit verschleierte ihren Blick. Die unzähligen Bäume nahmen ihr die Übersicht. Dann erschien wieder der gelbe Flecken zwischen den Bäumen und Luisa bemühte sich trotz aller Widrigkeiten, ihn nicht noch einmal zu verlieren.

Kopflos eilte sie mit flinken Füßen über den unebenen Waldboden, rannte knapp an den Stämmen vorbei und scherte sich nicht um Äste oder Gestrüpp. Sie dachte nicht nach, nahm peitschende Zweige und kratzende Dornen in Kauf, um ihren Bruder zu erreichen und zurück zum Auto zu bringen. Bewusst ignorierte sie ihre innere Stimme, hörte nicht auf die mahnenden und warnenden Gedanken und übersah die bizarre Situation, in der sie steckte. Ihren Bruder zu erreichen und ihm zu helfen war für sie das Einzige, das in diesem Moment zählte und ihr dabei half, nicht dem Wahnsinn zu verfallen. Die Wut und die Verzweiflung trieben sie an. Dann stemmte sie die Füße gegen den Waldboden und klammerte sich an einen schmalen Stamm. Verwundert stand sie zwischen Bäumen und Sträuchern und schaute einen tiefen Abgrund hinab.

Der silberne Halbmond beleuchtete ein breites Felsenmeer. Mächtige Felsblöcke schmiegten sich über hunderte von Metern an den breiten Hang.

Verbissen suchte Luisa das Geröllfeld ab, ließ ihren Blick über nackte Steinbrocken und moosbewachsene Felsen schweifen und entdeckte am unteren Ende des Felsenmeeres das gelbe Shirt.

»Markus«, rief sie über Felsen und Farne hinweg, »Wo willst du denn hin? Ist Lukas dort unten?«

Unbeirrt wankte und schlurfte ihr Bruder den Wanderweg entlang.

»Das darf doch alles nicht wahr sein. Ich träum das alles doch nur«, jammerte Luisa, schüttelte ungläubig den Kopf und begann mit dem beschwerlichen Abstieg am Rande des Felsenmeeres, »Was für eine beschissene Nacht.«

Als sie leise fluchend den letzten Felsbrocken hinabgerutscht und durch einen schmalen Graben gestolpert war, hatte sie erleichtert und schwer atmend den breiten

Wanderweg unterhalb des Felsenmeeres erreicht. Sie beugte ihren Oberkörper nach vorne und stemmte die Hände auf ihre Oberschenkel, rang nach Luft und drückte ihren Puls nach unten. Erschöpft schüttelte sie den Kopf und nach ihrer kurzen Verschnaufpause rannte sie den Weg hinab, begleitet von ihrem keuchenden Atmen und dem Schotter unter ihren Schuhen. Sie folgte dem Wanderweg, den auch ihr Bruder gegangen war, hoffte inständig, dass sie ihn endlich einholen würde und tauchte wieder in die Dunkelheit des Waldes. Der Halbmond war hinter den Bäumen verschwunden und warf sein sanftes Licht durch die wenigen Öffnungen der leise raschelnden Baumkronen.

»Scheiße!« Schwer keuchend stand sie an einer Weggabelung und betrachtete niedergeschlagen den mit Wanderwegtafeln gespickten Wegweiser. Unsicher starrte sie die breite Schotterstraße hinab, der eine Biegung machte und weiter bergab führte, bis ihr Blick auf ein stark verwittertes Schild fiel, das einen zugewucherten Waldweg markierte. Mit einem seltsamen Kribbeln im Nacken ging sie auf das Schild zu, bemerkte die offensichtlich frisch heruntergetretenen Grashalme im schwachen Licht und las die verwaschenen Buchstaben auf dem alten Wegweiser.

»›Rinsbach‹«, las Luisa, »Die Geisterstadt?« Ein Schauer jagte über ihren Rücken und ihr Herz schlug bis zum Hals. Luisa kannte die Geschichten über das alte Dorf, das vor über hundertfünfzig Jahren aufgegeben und längst von der Natur wieder eingenommen wurde. Eine Siedlung von Bauern, die aufgrund Wassermangels und ertragloser Böden die Gemeinde zur Mitte des neunzehnten Jahrhunderts aufgaben.

»Warum kann ich nicht einfach aufwachen?«, fragte sich Luisa erschöpft und wischte sich mit dem Handrücken übers Gesicht. In der Ferne tauchte ein mittlerweile vertrauter gelber Fleck auf und taumelte am Ende des überwucherten Weges wie ein betrunkenes Irrlicht durch die Dunkelheit. »Ja natürlich musst du jetzt wieder auftauchen. Und mich hierherlocken. Was mach ich hier überhaupt? Ich hätte nach Hause gehen sollen. Mama und Papa müssten schon längst wieder zuhause sein. Ja, du Arsch«, rief sie dem tanzenden gelben Punkt hinterher, »Ich komm ja schon. Damit ihr mich auch kräftig auslachen könnt. Diesmal habt ihr euch mächtig ins Zeug gelegt.«

Mit schlappen Beinen eilte sie durch das kniehohe Gras des Weges, der sie in die Rinsbach-Schlucht führte. Schlanke Bäume säumten den Weg und der tiefstehende Halbmond beobachtete sie durch einen schmalen Spalt im Blätterdach.

Der Wald öffnete sich. Sträucher und Farne schmiegten sich an moosbewachsenen Steinschutt und einzelne Bäume wuchsen zwischen hüfthohen Mauerresten. Eine unheimliche Stille lag auf den überwucherten Überresten der Siedlung.

Langsam ging Luisa über die kaum erkennbare Straße und suchte zwischen den Häuserresten nach ihren Brüdern. So leise wie möglich ging sie durch das kniehohe Gras, folgte der schmalen Schneise, die ihr Bruder hinterlassen haben musste, und schaute sich achtsam um. Hinter den Ruinen erhob sich auf der einen Seite eine breite Bergkuppe über die Geisterstadt, gegenüber fiel der Hang tief hinab ins Tal. Eine breite Steinbrücke spannte sich über einen schmalen Felsspalt und führte auf den runden Dorfplatz, auf dem mehrere Bäume einen kleinen Hain bildeten. Die schmalen Stämme standen unnatürlich dicht beieinander und ein Wurzelgeflecht überwucherte die Pflastersteine und drückte sie aus der Erde.

»Markus?«, flüsterte Luisa, betrat vorsichtig den kleinen Hain und lauschte, »Lukas? Macy?«

Der seltsame Wald schien sämtliche Geräusche zu schlucken. Ihr Flüstern klang dumpf und die Luft war unangenehm und schwer zu atmen. Achtsam stieg Luisa über das Geflecht der Wurzeln, versuchte die Bäume dabei nicht zu berühren und suchte hinter jedem einzelnen Stamm nach Hinweisen auf ihre Brüder.

»Au! Blöder Ast«, fluchte sie leise und hielt sich die schmerzende Schulter. Flüchtig kontrollierte sie ihre Handfläche auf mögliches Blut, bedachte den Baum mit einem bösen Blick und ihr Gesicht versteinerte zu einer ausdruckslosen Maske.

Aus der furchigen Rinde ragten die spitzen Zehenknochen eines menschlichen Skelettes. Der skelettierte Leichnam war zur Hälfte mit dem Baum verwachsen und von Moos und Flechten bedeckt. Aus seinem Brustbein ragte ein Pflock, dessen unzählige Wurzeln sich um die bleichen Rippen schlängelten und die leeren Augenhöhlen starrten vorwurfsvoll in den Hain.

Luisa hob die flache Hand an den Mund und konnte ihren Blick nicht von der schrecklichen Entdeckung lösen. Ihr Herz begann zu rasen und das Blut wich ihr aus dem Gesicht. Ihre Füße stolperten über das Wurzelgeflecht und ihr Rücken stieß gegen einen anderen Baum. Zerschlissene Schuhe drückten sich in ihre Wirbelsäule und die leeren Augenhöhlen eines halbverwesten Mannes starrten sorgenvoll auf sie herab. Auch dieser Leichnam wurde mit einem Pflock durch seine Brust an den Stamm genagelt. Panisch blickte sich Luisa um und entdeckte an jedem Baum einen hängenden Leichnam. Männer wie Frauen verschiedenen Alters und in unterschiedlichen Verwesungsstadien.

Eine stille Panik hatte ihren Körper fest im Griff. Mit langsamen und tiefen Atemzügen sah sich Luisa nach allen Richtungen um. Ihr Blick suchte angestrengt nach einem Ausweg aus dem Horrorhain und blieb an einem mannsgroßen Schatten haften, der zwischen den schlanken Bäumen stand.

Unwirklich und regungslos stand der bedrohliche Schemen am Ende einer schmalen Allee der mit Toten gespickten Bäume. Etwas Eigenartiges und Befremdliches haftete an ihm. Und dann bewegte er sich.

Grüne Augen leuchteten teuflisch auf und ein dunkles Grollen erklang aus einem mundlosen Rindengesicht. Kräftige Arme und starke Hände streckten sich in ihre Richtung und mit schweren Füßen stapfte er zielstrebig auf sie zu.

Luisas Körper verkrampfte und ein schriller Schrei aus ihrer Kehle befreite sie aus ihrer Starre. Sie wirbelte herum und eilte auf die mondlichterleuchteten Flecken zwischen den Bäumen zu. Kopflos stürmte sie aus dem Hain hinaus und prallte gegen einen Körper. Ihre Füße knickten ein, rutschten unter ihr hinweg und hart schlug sie mit ihrem Rücken auf dem Untergrund auf.

»Markus?« Irritiert und mit großen Augen starrte Luisa ihren großen Bruder fragend an und folgte seinem emotionslosen Blick. Stumm stand Markus vor einem Baum, an der eine jugendliche und augenlose Leiche befestigt wurde. In dem blutüberströmten Leichnam erkannte sie ihren Bruder Lukas, der mit einem Pflock durch die Brust an den Stamm gepfählt wurde. Eine eisige Kälte umklammerte ihren Brustkorb und endlose Tränen rannen ihr übers Gesicht.

»Oh nein. Lukas. Bitte nicht.« Mit tauben Gliedmaßen versuchte sie sich aufzurichten und ein harter Griff zog sie in die Höhe. Ein Stoß ließ sie taumeln und stürzen. Mit einer erhobenen Hand versuchte sich Luisa verzweifelt zu schützen.

Die Kreatur folgte ihr stumm mit ihren grün leuchtenden Augen, ging an Markus vorbei, als würde er nicht existieren, und mit einer schnellen Handbewegung packte sie Luisa am Shirt und hob sie hoch.

»Nein«, wimmerte sie und versuchte, sich aus dem harten Griff des maskierten Hünen zu befreien. Mit ihren Fäusten schlug sie gegen die Finger und das Handgelenk, ohne jedoch eine Wirkung zu erzielen. Sie stöhnte und seufzte und zwischen ihren Zähnen knirschte sie ein verbissenes »Lass los!«

Doch dies interessierte den Maskierten nicht. Sein Gesicht war unter einer schlichten Maske aus dicker Rinde versteckt und seine Kleidung hatte die Farbe des Waldes. Dünne Flechten hingen in kurzen Fäden von der Jacke und trockene Blätter und verkrustete Erde beschmutzten sein Hemd und seine Hose. Die verschlissenen Springerstiefel hatten eine zusätzliche Sohle aus Erde und kleinen Steinen und er roch wie ein alter Komposthaufen. Er hob seinen linken Arm, der anstelle einer Hand das spitze Ende eines Pflockes besaß.

»Lass sie gehen!« Der geisterhafte Schrei hallte durch die Ruinen des Dorfes und schien von überall zu kommen.

Luisa zuckte erschrocken zusammen und sah an dem Kerl vorbei. Markus stand immer noch vor dem Baum, an dem der tote Lukas hing, und hielt Händchen mit der rothaarigen Macy, die Luisa mit einem traurigen Blick bedachte. Dann begannen die Augen des Mädchens rot zu leuchten und ihr feines Gesicht verzog sich zu einer dämonischen Fratze. Hinter ihren Lippen offenbarte sie spitze Zähne und eine eisige Stimme erklang aus ihrer Kehle.

»Die Angst ist tief in mir erwacht,
und hat den kalten Zorn entfacht.
Zu dir bin ich zurückgekommen,
um das zu hol 'n, was du genommen.«

Langsam drehte sich der Maskierte um und ließ Luisa achtlos zu Boden fallen. Stumm und ungläubig schüttelte er seinen Kopf und zeigte mit seiner Pfahlhand auf die kleine Macy.

»Haut ab«, schrie Luisa flehend Macy und ihrem Bruder zu, »Haut doch ab.«

Doch ihr Bruder legte nur schweigend seinen Kopf schräg. Auch seine Augen begannen rot zu leuchten und ein Ruck ging durch seinen Körper. Seine Arme streckten sich und die Finger wurden zu spitzen Klauen. Die Beine nahmen eine seltsame Haltung ein und seine Zehen stießen monsterhaft aus seinen Schuhen heraus. Sein Rücken krümmte und wölbte sich und sein Gesicht verzog sich zu einer monsterhaften Fratze. Die Mundwinkel zogen sich nach hinten und das Kinn schob sich spitz nach vorne. Messerscharfe Zähne kamen unter dünnen Lippen zum Vorschein und mit einem unmenschlichen Schrei sprang er den Maskierten an. Tief biss er sich in den Hals des Maskierten und seine langen Finger bohrten sich mehrmals in dessen Brust.

Der maskierte Hüne konnte sich kaum wehren. Mit der Hand packte er Markus am Nacken, zog ihn langsam von sich und mit seiner pfahlähnlichen Linken stieß er tief in seinen Unterleib hinein.

Der verwandelte Markus zeigte sich unbeeindruckt. Sein Kopf zuckte hin und her und stieß mit einem Ruck nach vorn. Er biss durch die Jacke hindurch und riss ein großes Stück Fleisch aus der Schulter des Maskierten.

Mit einem schmerzerfüllten Schrei schleuderte der Hüne Markus weit von sich und versuchte verzweifelt, sich die klaffende Wunde an seiner Schulter zuzudrücken. Schwarzrotes Blut sprudelte aus der Wunde und tropfte zu Boden. Taumelnd versuchte der Maskierte, sich in den Hain zurückzuziehen.

Doch der monsterhafte Markus versperrte ihm den Weg und sprang ihn an, biss ihm in den Hals und bohrte seine langen Klauen in die Brust.

Geschwächt fiel der Maskierte auf die Knie und sackte in sich zusammen, lag röchelnd auf dem Boden und unaufhörlich wich das Leben aus seinem Körper.

Markus ging mehrere Schritte zurück und entspannte sich. Die monsterhafte Gestalt verschwand und hinterließ den bekannten menschlichen Körper. Mit hängenden Schultern und kraftlosen Beinen kippte er zur Seite und knallte leblos auf den Boden.

»Markus!« Luisa löste sich fluchtartig aus ihrer Starre, warf einen kurzen Blick auf den reglosen Hünen und eilte zu ihrem Bruder.

»Es tut mir leid«, sagte Macy und streichelte ihr besänftigend über das Haar, »Aber deine Brüder sind bereits seit Stunden tot.«

»Seit ... seit Stunden?«, stammelte Luisa ungläubig und streichelte zärtlich das Gesicht ihres toten Bruders, »Aber ich habe ihn doch vorhin noch durch den Wald gehen sehen. Ich bin ihm hierher gefolgt. Wie kann er dann seit Stunden tot sein?«

»Markus starb bei dem Unfall, den Raphael Wagner verursacht hatte«, erklärte Macy gefühllos, »Lukas starb durch seine Hand an diesem Baum.«

»Scheiße nein«, schluchzte Luisa und legte ihren Kopf auf die Brust ihres Bruders.

»Es tut mir wirklich leid, Luisa, dass deine Brüder die Opfer dieses Monsters wurden. Aber du musst es nun beenden.«

»Beenden?«, fragte Luisa und schaute Macy in das geisterhafte Gesicht, »Der Drecksack ist doch schon tot.«

»Nein«, widersprach sie, »Er wird regenerieren, wenn du ihm nicht die Maske entfernst und das Taschenmesser entreißt, das er um seinen Hals trägt.«

Luisa drehte sich um, starrte den Maskierten angewidert an und flüsterte, »Ich kann das nicht.«

»Du musst«, flehte Macy sie eindringlich an, »Wenn du ihm diese Gegenstände nicht nimmst, wird er wiederkehren und weitere Menschen seinem widernatürlichen Garten hinzufügen.«

Widerwillig erhob sich Luisa und näherte sich mit schleichenden Schritten dem leblosen Hünen. Vorsichtig beugte sie sich über ihn und ihre Finger suchten den Rand der hölzernen Maske. Langsam hob sie das Stück Rindenholz an und mühsam löste sich die Maske von dem Gesicht. Aus dem Augenwinkel bemerkte sie die halberhobene Hand des Hünen und mit einem Schrei und einem Ruck riss Luisa die Maske von dem Gesicht.

Der Arm fiel schlaff zu Boden, ein unmenschliches Gurgeln klang aus dem Hals und der Brustkorb des Hünen senkte sich ein letztes Mal. Hinter seinen halbgeöffneten Augenlidern fehlten die Augäpfel und unter dem Schmutz und dem feinen Moos zeichneten sich freundliche Gesichtszüge ab.

Vorsichtig tastete Luisa den Hals des Hünen ab und fand ein dünnes Lederbändchen. Gemächlich zog sie daran und unter dem Hemd bewegte sich ein fingergroßer Gegenstand. Beherzt zog sie an dem Bändchen und ein altes Taschenmesser mit einem Griff aus Hirschgeweih kam zum Vorschein.

»Ich danke dir für deine Hilfe, Luisa«, flüsterte Macy und streckte bittend ihre Hände aus.

Luisa senkte ihren Kopf. Tränen rannen über ihre Wangen und mit einer traurigen Erleichterung legte sie die zwei Gegenstände in die blassen Hände des Geistermädchens.

Macy drückte die Gegenstände mit verschränkten Armen fest an ihre Brust. »Geh den alten Weg zurück, den du gekommen bist«, riet sie Luisa, »An der Kreuzung folgst du der Straße den Berg hinab. Auf diesem Weg gelangst du am schnellsten in das nächste Dorf. Dort gibt es auch eine Polizeistation mit braven Männern.«

»Danke, Macy.«

»Danke mir nicht, Luisa«, sagte das Geistermädchen, »Du hast ebenso viel Leid erfahren als ich einst vor vielen Jahren.« Nach diesen Worten wandte sich Macy um und verschwand nach wenigen Schritten zwischen den Ruinen des Dorfes.

Luisa schaute ihr noch hinterher, obwohl das Geistermädchen schon lange verschwunden war. Schwer seufzend kniete sie sich neben den Leichnam ihres Bruders Markus, nahm seine Hände und kreuzte sie auf seiner Brust. Zärtlich streichelte sie seine Wange und warf Lukas, der noch immer an dem Baum hing, einen wehmütigen Blick zu. Die Augen ihrer Brüder waren geschlossen und ein sanftes Lächeln lag auf ihren toten Lippen. Traurig erwiderte sie ihr Lächeln. Dann stand sie auf und betrat entschlossen den Weg, der sie aus dem Dorf führte.

01:35 Uhr

Und so endet die zweite Geschichte.«

Mit dem Daumen streifte ich über die gelbe Haftnotiz auf der nächsten Seite und klappte das Buch zu, legte es wieder in meinen Schoß und hielt abermals die Augen auf den Boden gerichtet. Die Kerze war zur Hälfte abgebrannt. Und etwas hatte sich verändert. Ich bemerkte ein Atmen. Und es kam nicht von mir.

Vorsichtig wagte ich einen schüchternen Blick, hob den Kopf und sah mich demütig um. In der Dunkelheit schien dieses Atmen erst von überall zu kommen, doch seinen Ursprung hatte es in der Ecke mir gegenüber. Als würde ein schwerkranker, alter Mann in der Dunkelheit liegen und mich mit hungrigen Augen anstarren. Neugierig. Stumm. Wartend.

Ein Schauer jagte eiskalt über meinen Rücken und eine Gänsehaut machte sich auf meinen Unterarmen breit. In meiner Fantasie hatte der Schatten, den ich anfangs in dieser Ecke ausgemacht hatte, an Größe zugenommen und würde sich bei jedem kratzigen Atemzug aufblähen wie ein Blasebalg. Ich spürte einen Druck auf meiner Brust, versuchte die aufkeimende Furcht hinunterzuschlucken und eine feste Stimme zu bewahren.

»Ich scheine euch aufgeweckt zu haben?«, fragte ich keck in die Finsternis hinein und lauschte. Ich bekam keine Antwort.

71

Nur dieses langsame und kratzige Atmen und es füllte wie weiche Watte den düsteren Raum.

»Ich weiß, dass ihr hier seid«, bemerkte ich und ließ meine Augen durch die Dunkelheit wandern, »Und ich möchte mich für mein Eindringen entschuldigen. Doch wenn ich die letzte Geschichte beendet habe, werdet ihr vielleicht verstehen, warum ich mich heute Nacht in euer Domizil begeben habe.« Abermals senkte ich meinen Blick und öffnete das Notizbuch. Meine Finger glitten über die Seite, berührten die Vertiefungen der handgeschriebenen Worte. »Ich erwarte keine Antwort von euch. Es genügt vollkommen, wenn ich eure Aufmerksamkeit habe und ihr meinen Worten lauscht. Denn jetzt lese ich die letzte Geschichte :

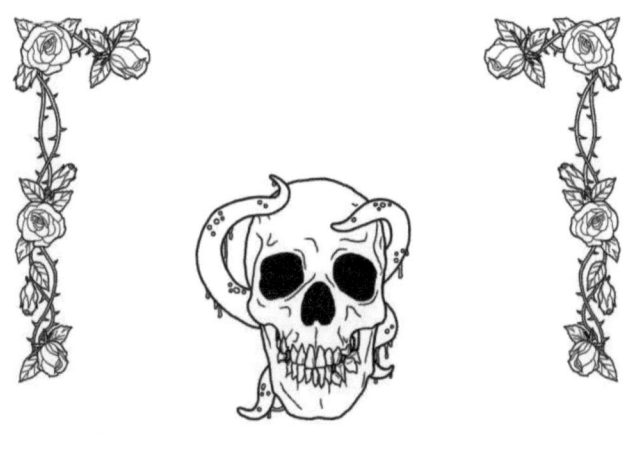

DANIELA

27. September 1977

Daniela drückte sich müde in den Beifahrersitz und schirmte ihre Augen ab. Die tiefstehende Sonne schien über die Baumkronen des Odenwaldes und tauchte den Abendhimmel in ein warmes Rot. Wehleidig schloss Daniela ihre Augen und entspannte ihr Gesicht erst wieder, als ihr Mann den Mercedes aus dem Ortskern hinauslenkte und scharf in die Kurve hineinfuhr, die auf die schmale Bergstraße führte.

»Fahr nicht so schnell, Gabriel«, nörgelte sie und verschränkte ihre Arme vor ihrer Brust.

»Ich fahr wie immer«, bemerkte ihr Mann gelangweilt, der in seiner typischen Fahrhaltung leicht nach vorne gebeugt das Lenkrad fest mit den Händen umklammerte. Der Motor brummte lauter, als sich das Auto über den steilen Anstieg beschwerte und Gabriel drückte etwas stärker auf das Gaspedal.

»Du fährst schneller als sonst«, widersprach sie streitbar und schaute aus dem Seitenfenster.

»Dann fahr ich eben langsamer, wenn es dich glücklich macht«, seufzte Gabriel und nahm den Druck von seinem rechten Fuß, »Vorhin wolltest du noch, dass Benni schnell ins Bett kommt.«

Mit einem schrägen Blick über die Schulter linste Daniela auf den Rücksitz. Ihr kleiner Sohn saß ungelenk mit geschlossenen Augen und offenem Mund in seinem Kindersitz. »Jetzt ist er schon eingeschlafen.«

»Na dann macht es wohl auch keinen Unterschied mehr«, meinte Gabriel, »Außerdem sind wir doch gleich da.«

»Na dann ist es ja gut.« Mit erhobenen Augenbrauen verfolgte Daniela die letzten Sonnenstrahlen, die auf der gegenüberliegenden Bergkuppe durch die Bäume schienen.

»Warum bist du so genervt?«, fragte Gabriel und schaltete das Autolicht ein, »Hast du dich bei Karin angesteckt?«

»Hm?«

»Ihre Angst wegen der RAF? Die Schleyer-Entführung?«

»Nein«, winkte Daniela ab und schüttelte mit dem Kopf.

»Was ist dann los?«

»Ich weiß auch nicht«, seufzte sie, »Vielleicht bin ich auch nur müde.«

»Wir sind auch schon zuhause.« Im Scheinwerferlicht tauchte das letzte Haus am Ende der Straße auf und Gabriel lenkte den Wagen in die Einfahrt. Er parkte das Auto vor der Garage, löste den Gurt und öffnete die Wagentür. »Ich schnapp mir den Kleinen.«

Daniela schloss ihre Augen und nickte. Die kühle und abendliche Waldluft strömte in das Wageninnere. Sie genoss die Ruhe, die sie in ihrem Haus auf dem Berg am Rande des Odenwaldes hatten. Doch heute beunruhigte sie diese Abgeschiedenheit und der vertraute Duft des Waldes schenkte ihr einen Schauer.

»Kommst du?«, fragte er mit zusammengezogenen Augenbrauen und dem Kind auf dem Arm.

»Klar«, antwortete sie und stieg aus dem Mercedes. Tief atmete sie die kühle Abendluft ein und vernahm das vertraute leise Knacken der Bäume. Ein seltsames Gefühl ließ sie frösteln. Gedankenverloren ging sie um das Auto herum und schaute prüfend die Straße hinab. Viele noch unbebaute

Grundstücke trennte ihr Haus vom Dorfrand. Sie waren die Ersten, die auf dem Berg ihr Haus gebaut hatten und es würde auch noch eine ganze Weile dauern, bis sich hier ein Nachbar anschließen würde.

Daniela zog die Schultern zusammen und ihre leichte Jacke enger um ihren Körper. Der Nachthimmel schob sich über die Bäume am Waldrand und Dunkelheit legte sich über das Haus. Versonnen überquerte sie die Einfahrt und stieg die langen, flachen Stufen zur Haustür hinauf. Die Tür stand offen und wie immer warf sie diesen unnötigen Blick in die Außenleuchte. Sofort bereute sie wieder einmal diese Unart, wandte sich ab und schüttelte den Kopf. Über sich selbst verärgert lenkte sie ihren Blick auf den nachtschwarzen Waldrand und blinzelte die wild tanzenden, weißen Flecken aus ihren Augen. Sie wartete, bis sich die taumelnden Irrlichter aufgelöst hatten, doch ein weißer Punkt blieb hartnäckig in ihrem Blick.

»Ich sollte diesen Quatsch bleiben lassen«, murmelte sie und presste für einen kurzen Moment ihre Augenlider genervt zusammen. Der weiße Punkt war noch da. Und er befand sich immer noch an derselben Stelle am Waldrand. Neugierig verengte sie ihre Augen, versuchte auszumachen, was sich dort vor den Bäumen aufzuhalten schien und hart packte sie die Hand an der Schulter.

»Kommst du?«, fragte Gabriel ungeduldig.

»Verdammt nochmal«, stöhnte Daniela und zitterte am ganzen Körper, »Musst du mich denn so erschrecken?«

»Entschuldige bitte«, sagte er mit erhobenen Händen, »Aber dein Sohn verlangt nach dir.«

»Ja, schon gut«, sagte sie, atmete tief durch und nickte ihrem Mann zu, der mit einem schiefen Grinsen wieder in der Tür verschwand. Langsam wandte sie sich noch einmal um und suchte den Waldrand nach dem hellen Punkt ab.

Schweigend und schwarz präsentierte sich der nächtliche Waldrand. Sie schmunzelte, schüttelte ihren Kopf und schloss die Haustür hinter sich.

Das leise Klingen von Weingläsern läutete aus der Küche und nickend stimmte sie einem Gläschen Wein zu. Müde stieg sie die Stufen ins obere Stockwerk hinauf und noch bevor sie die letzte Stufe erreicht hatte, hörte sie die aufgeregten Schritte ihres Sohnes.

»Mami. Mami.«

»Hey«, empfing sie ihn mit offenen Armen, »Wer ist denn da nicht in seinem Bett?«

»Da draußen steht ein Mädchen.«

»Ein Mädchen?« Daniela zog fragend ihre Augenbrauen zusammen und schüttelte übertrieben ihren Kopf, nahm ihren Sohn in die Arme und hob ihn hoch. »Da draußen ist bestimmt kein Mädchen mehr.«

»Doch«, beteuerte ihr Sohn und schlang seine Arme um ihren Hals, »Ich hab' sie ganz genau gesehen.«

»Aha.«

»Ja. Sie hat ein ganz weißes Kleid und ganz lange schwarze Haare, genau wie du, Mami.«

»Na, dann schauen wir mal nach«, meinte sie, schob ihren aus den Armen rutschenden Sohn mit einem Ruck wieder hoch und verstärkte den Griff um seinen immer schwerer werdenden Körper. Der kleine Benjamin legte müde seinen Kopf auf die Schulter seiner Mutter und vergrub sein Gesicht an ihrem Hals.

Daniela ging über den kleinen Flur und im Kinderzimmer direkt auf das mit Fingermalfarben verzierte Doppelfenster. Interessiert und mit einem unguten Gefühl blickte sie in den Garten. Doch weder auf der Terrasse noch am nahegelegenen Waldrand konnte sie jemanden oder auch nur irgendetwas entdecken, das auf eine Person zurückzuführen war.

»So. Wo ist denn nun deine kleine Freundin?«, fragte Daniela und warf einen letzten kontrollierenden Blick aus dem Fenster.

»Aber da war ein Mädchen«, beteuerte er.

»Und jetzt ist sie nicht mehr da«, versicherte sie ihm und setzte ihn auf sein Bett.

»Du glaubst mir nicht.« Mit verschränkten Armen warf er sich auf das Kopfkissen und schmollte.

»Doch, mein Schatz«, versuchte sie ihn zu beruhigen und ihm zu zeigen, dass sie seine Fantasie ernst nahm, »Aber bestimmt hat sie gemerkt, dass es schon sehr spät ist und ist ganz schnell nach Hause gerannt, um sich genauso wie du ins Bett zu kuscheln.« Sie ließ ihre Finger über die Bettdecke krabbeln und kitzelte Benjamin an seinem kleinen Bauch.

Kichernd und glucksend suchte er unter seiner Bettdecke Schutz vor den Fingern seiner Mutter.

»So«, meinte Daniela und zog die Bettdecke zurecht, »Soll der Papa auch noch ›Gute Nacht‹ sagen?«

»Hat er schon gemacht.«

»Also gut. Dein Glas Wasser für die Nacht steht auch schon auf deinem Nachttischchen. So. Nachtlicht an?«

»Nö. Kann heute ausbleiben.«

»So?«, fragte Daniela übertrieben, »Ist der kleine Herr schon groß geworden?«

»Ja«, kam die Antwort frech unter der Bettdecke hervor.

»Dann schlaf gut, mein Schatz«, wünschte Daniela und nahm die Klinke in die Hand, zog langsam die Türe zu und flüsterte, »Und träum was Schönes.«

Daniela schlich über den Flur und ging leise die Treppe hinunter. Nach einem tiefen Seufzer ließ sie ihre Schultern kreisen, streckte ihren Hals und neigte ihren Kopf von einer Seite zur anderen. Ihre Hände fischten ein Haargummi aus der Hosentasche und fassten ihre langen, schwarzen Haare zu einem Pferdeschwanz zusammen, der bei jeder Stufe im Takt ihrer Schritte wippte. Durch den Hausflur gelang sie in das Wohnzimmer und steuerte auf die Wohnlandschaft zu, auf der es sich ihr Mann bereits mit einem Glas Rotwein gemütlich gemacht hatte. Mit zwei Fingern öffnete sie die oberen Knöpfe ihrer weißen Bluse, schlüpfte aus ihren leichten Sommerschuhen und ließ sich neben ihrem Mann auf die ausladende Couch fallen.

»Heute ist es spät geworden«, stellte Gabriel mit geschlossenen Augen fest.

»Ja, Gabri«, bestätigte sie schnippisch, »Heute ist es spät geworden.«

»Tut mir leid.«

»Ach was«, winkte Daniela ab und beugte sich vor, füllte sich ihren Glaskelch zur Hälfte mit Rotwein und nahm einen tiefen Schluck. Mit dem Weinkelch in der Hand lehnte sie sich zurück und an ihren Mann, nahm einen zweiten Schluck und schloss ihre Augen. »Karin hatte viel zu erzählen und es hat ihr gutgetan. Und wenn wir sonst keine Sorgen haben, außer dass Benjamin mal etwas später ins Bett kommt, dann geht es uns doch wirklich gut.«

»Ja«, stimmte ihr Gabriel zu, »Uns geht's gut.«

»Wir haben eben Glück«, meinte sie scherzhaft und leckte sich nach dem nächsten Schluck über die Lippen.

»Ja«, murmelte er gedankenverloren und öffnete langsam seine Augen, »Wir haben eben Glück.« Gabriel stellte sein Weinglas auf dem kleinen Wohnzimmertisch ab und beobachtete mit einem abschweifenden Blick die leichten Wellenbewegungen der roten Flüssigkeit.

»Komm her«, flüsterte Daniela, nahm noch einen letzten Schluck und stellte auch ihr Glas auf den Wohnzimmertisch. Müde kuschelte sie sich an ihren Mann und schloss für einen Moment die Augen. Dann schreckte sie auf.

Irritiert rieb sie sich mit der flachen Hand übers Gesicht und warf einen kontrollierenden Blick auf die Kork-Uhr, die leisen tickend auf der Wohnwand stand. Zwei Stunden waren vergangen. Sie rieb sich mit den flachen Händen übers Gesicht, setzte sich auf und zuckte erschrocken zusammen.

Benjamin stand stumm in der Wohnzimmertür.

»Hey«, sagte sie, wischte sich mit der Hand eine Strähne aus dem Gesicht und räusperte sich den pelzigen Weingeschmack aus dem Mund, »Wer ist denn da nicht in seinem Bett?«

»Das Mädchen ist wieder da, Mami.«

»Och, Schatz«, stöhnte sie und ließ sich seufzend zurück auf die Couch fallen, »Muss ich jetzt in den Garten und das kleine Mädchen nach Hause schicken?«

»Nein«, sagte Benjamin.

»Dann ist's ja gut.«

»Sie ist in meinem Zimmer.«

Daniela richtete sich auf. Eine Gänsehaut jagte über ihren Körper und sie war plötzlich hellwach. »Was hast du gesagt?«

»Sie ist in meinem Zimmer«, wiederholte Benjamin, »Und sie will mit dir reden.«

»Schatz«, zischte sie und versuchte Gabriel zu wecken, stieß ihm mehrmals in die Seite und drückte seine Schulter, sodass sich sein Oberkörper leicht zur Seite neigte.

Aus dem anfänglichen Brummen wurde ein leises »Hey«, bis er scharf die Luft einsog und fragend in die Runde blickte. »Was ist los?«

»Jemand ist im Haus«, flüsterte Daniela mit ängstlichem und sorgenvollem Blick.

»Was?«, aufgewühlt richtete sich Gabriel auf, »Wer?«

»Das Mädchen aus dem Wald«, sagte Benjamin.

»Komm zu mir, Benni«, Daniela sprang von der Couch, eilte zu ihrem Sohn und nahm ihn fest in ihre Arme, »Der Papa schaut nach, was das Mädchen will, okay?«

Gabriel zog die Beine an den Körper, schlang seine Arme um die Knie und mit leerem Blick summte er leise ein altes Kinderlied.

»Gabri?«, ungläubig was sie sah starrte Daniela ihren Mann erwartungsvoll an, »Was machst du da?«

»Ich …«, stammelte Gabriel und wich nervös ihren Blicken aus, »… Ich …«

Daniela schüttelte verständnislos den Kopf und setzte ihren Sohn kurzerhand neben seinem Vater auf die Couch. »Also, mein Schatz, dann bleibst du eben bei deinem Papa hier im Wohnzimmer und ich schau nach, was das Mädchen will.«

»Mit dir sprechen, hab' ich doch schon gesagt«, beschwerte sich Benjamin.

»So«, Daniela nickte Benjamin zu, »Ich bin gleich wieder da, okay?«

»Okay«, bestätigte Benjamin und legte eine Hand auf den Arm seines Vaters, »Alles gut, Papa. Ich bin ja da.«

Daniela war mit wenigen Schritten in der Küche, zog ein langes Fleischmesser aus dem Messerblock und ging durch den Hausflur. Überall brannte das Licht und mit konzentriertem Blick fixierte sie das obere Ende der Treppe, während sie jede Stufe einzeln nahm. Langsam näherte sie sich der letzten Stufe und die offene Kinderzimmertür schob sich in ihr Blickfeld. Sie lauschte.

Im Haus war es absolut still.

Auf Zehen schlich Daniela über den Teppich und drückte sich mit flachem Rücken gegen die Wand. Mehrmals atmete sie tief durch, bevor sie vorsichtig in das Kinderzimmer lugte.

Das Licht brannte hell und es gab keine Schatten im Raum, in denen sich jemand hätte verstecken können. Daniela ließ das Messer sinken und schaute in alle Ecken, öffnete den Schrank und warf einen prüfenden Blick unter das Bett.

Erleichtert atmete sie die Anspannung aus, nahm das Messer auf eine entspanntere Art in die Hand und stieg die Treppen wieder hinab. Unverändert saß ihr Mann auf der Couch und ihr kleiner Sohn hielt noch immer seinen Arm.

»Entwarnung«, sagte Daniela und legte das Fleischmesser auf die Theke, die die Küche vom Wohnzimmer trennte.

»Sicher?«, fragte Gabriel und aus seinem Gesicht wich die Nervosität.

»Hast du mit ihr geredet?«, fragte Benjamin.

»Nein, mein Schatz. Da war niemand in deinem Zimmer«, Daniela schüttelte ihren Kopf, »Du hast bestimmt nur geträumt.«

»Aber sie war da«, beteuerte Benjamin.

»Dann hat sie es sich wohl anders überlegt und ist gegangen. Benni, bitte. Es ist mitten in der Nacht und du musst schlafen und wir auch.«

»Mami«, quengelte Benjamin.

»Nein«, zischte Daniela in einem scharfen Ton, »Jetzt ist wirklich Schluss. Ab ins Bett mit dir.«

»Okay«, erwiderte Benjamin und wackelte an seiner Mutter vorbei.

»Auf geht's. Ich komm gleich nach.« Daniela wartete, bis ihr Sohn die Stufen hinaufstieg und wandte sich ihrem Mann zu, der immer noch mit angezogenen Beinen auf der Couch kauerte. »Herrgott, Gabri! Was ist los mit dir?«

»Ich …«, stotternd suchte Gabriel nach Worten, »… Ich hatte eine Panikattacke.«

»Oh verdammt, Gabriel«, Daniela fasste sich an den Nasenrücken und schloss für einen kurzen Moment die Augen, »Du hast mir versichert, dass du deine Angststörung schon vor Jahren überwunden hättest.«

»Ich ... es ... tut mir leid.« Wie ein Häufchen Elend saß Gabriel auf der Couch und blickte seiner Frau beschämt in die Augen.

»Ich bring unseren Sohn ins Bett.« Mit einem tiefen Atemzug entspannte sich Daniela wieder und presste die Lippen zusammen. Verständnislos folgte sie ihrem Sohn in sein Zimmer, setzte sich auf den Ausfallschutz des Kinderbettes und lächelte ihn liebevoll an.

»Ich hab' nicht gelogen, Mami.«

»Ist schon gut, mein Schatz.« Sie küsste seine Stirn und zog die Bettdecke über seinen Körper. »So. Jetzt wird aber wirklich geschlafen. Okay?«

»Okay.«

»Und keine fremden Mädchen mehr. Okay?«

»Okay.«

»Also gut. Dann schlaf gut.« Daniela ging zur Tür, legte die Hand auf den Lichtschalter und hielt inne. »Licht an oder aus?«

»Vielleicht doch lieber an«, meinte Benjamin.

»Okay. Licht an. Träum was Schönes.« Sie zog die Tür zu sich heran, ließ sie aber nicht ins Schloss fallen. Mit leisen Schritten schlich sie über den Flur ins Badezimmer, schloss die Tür hinter sich und beugte sich übers Waschbecken. Kaltes Wasser floss über ihre Hände und mit Schwung spritzte sie sich das kühle Nass ins Gesicht.

»Was für eine Nacht.« Erfrischt schüttelte sie ihren Kopf, langte mit einer Hand nach dem Handtuch und betrachtete sich im Spiegelschrank. Pechschwarzes Wasser rann von ihrem Gesicht und tropfte auf ihre weiße Bluse.

Erschrocken stolperte Daniela rückwärts, knallte mit den Fersen gegen die Badewanne und hielt sich mit einer Hand an der Wand fest. Mit aufgerissenen Augen betrachtete sie im Spiegel ihr besudeltes Gesicht.

»Was ... ist das?« Mit zittrigen Fingern berührte sie das schwarze Nass auf ihrem Gesicht und näherte sich vorsichtig dem Waschbecken, das bis zum Überlauf mit schwarzem Wasser gefüllt war. Ein übler Geruch stieg ihr in die Nase und mit Abscheu zog sie am Hebel, der den Abfluss öffnete.

»Verdammt nochmal«, fluchte sie leise, »So alt sind die Leitungen doch noch gar nicht. Jetzt fließ doch bitte ab.« Der Hebel war bis zum Anschlag gezogen, doch nichts geschah.

Widerwillig tauchte Daniela ihre Hand in das schwarze Wasser, um zu kontrollieren, ob der Stöpsel frei oder verstopft war. Blind ertasteten ihre Finger den Rand des geöffneten Stöpsels.

Mit einem Ruck hob sich der Hebelmischer und kochend heißes Wasser strömte in das Becken.

»Hey!«, rief Daniela und zog erschrocken ihre Hand aus dem Becken.

Der heiße Wasserdampf schlug sich auf dem Spiegel nieder und die Tropfen auf dem Spiegel färbten sich schwarz, flossen ineinander und formten sich zu Buchstaben.

ICH WILL DAS TUCH

»Tuch?« Neugierig betrachtete Daniela die seltsame Erscheinung auf dem Spiegel und grübelte über die eigenartige Aufforderung nach, dann packte sie wieder die Realität und mit der flachen Hand schlug sie den Hebelmischer nach unten.

»Jetzt reichts mir aber.« Entschlossen tauchte sie ihre Hand in das Waschbecken, umfasste den Stöpsel, um ihn kurzerhand herauszuziehen und eine blassweiße Hand schnellte aus dem schwarzen Wasser und packte ihren Unterarm.

Mit einem kreischenden Schrei fiel Daniela nach hinten und knallte mit dem Rücken gegen den Badewannenrand.

Die blasse Hand zog sich langsam wieder zurück ins Wasser und der Kopf eines Mädchens tauchte aus dem Becken auf. Schwarze Haare klebten nass an dem kindlichen Kopf und ein totenbleiches Gesicht tauchte bis zur Nasenspitze aus dem dunklen Wasser auf. Das geisterhafte Wesen warf Daniela mit pechschwarzen Augen einen traurigen Blick zu und eine eiskalte Stimme hauchte durch das Badezimmer.

»Bring mir das Tuch.«

»Was für ein Tuch?«, fragte Daniela verwirrt.

»Das Taschentuch von Doktor Bachmann«, hauchte die Geisterstimme, »Du weißt genau, welches ich meine.«

»Sein Taschentuch?« Ungläubig starrte sie dem Geistermädchen in die traurigen Augen.

»Bring es mir«, fauchte die Stimme, der Mädchenkopf verschwand im dunklen Wasser und mit einem Schlag knallte die Badezimmertür auf.

Daniela sprang auf und rannte aus dem Badezimmer zielstrebig auf das Kinderzimmer zu, schlug die Türe auf und stürmte in den Raum. Ein unsichtbarer Schlag traf ihre Brust, stieß sie rücklings aus dem Zimmer hinaus und mit einem lauten Knall schlug die Tür des Kinderzimmers zu.

»Nein«, schrie Daniela, rappelte sich wieder auf und versuchte verzweifelt, die Tür zu öffnen.

»Mami?«, hörte sie ihren Sohn durch die geschlossene Zimmertür fragen.

»Ich bin da, mein Schatz. Mami ist da.« Voller Verzweiflung rüttelte sie an der Türklinke, warf sich gegen das Türblatt und drückte sich mit aller Kraft dagegen. »Ich komme, mein Schatz. Ich bin da.«

Unter Tränen stemmte sie ihre Füße gegen den Boden und ihre Schulter gegen das Türblatt. Unerwartet öffnete sich die

Kinderzimmertür und Daniela stürzte in den Raum, knallte auf den Boden und blieb für einen Moment benommen liegen. Mit schmerzender Schulter stemmte sie sich wieder auf die Beine und blickte über den Ausfallschutz des Kinderbettes.

Das Bett war leer.

»Nein. Nicht mein Sohn«, schrie sie verzweifelt, packte die Bettdecke und schleuderte sie in den Raum, »Gib mir meinen Sohn zurück, du Drecksau. Gabriel!«

Sie rannte aus dem Zimmer und die Treppenstufen hinunter. Wutentbrannt stürmte sie in das Wohnzimmer, in dem ihr Mann immer noch mit angezogenen und von seinen Armen umschlungenen Knien auf der Wohnlandschaft saß.

»Gabriel!«, fuhr sie ihren Mann erwartungsvoll an.

Verstört und paralysiert blickte er Daniela mit großen Augen an. »Ja?«

»Unser Sohn ist verschwunden.«

»Benjamin?«

»Gibt's etwa noch einen anderen?«, fragte sie sarkastisch und stieß einen hysterischen Lacher aus, »Natürlich Benjamin.«

Stumm und unter schnellen Atemzügen wandte Gabriel seinen Blick von seiner Frau ab und starrte hilflos in den Raum.

»Und ein …«, Daniela suchte nach Worten und bemerkte die Skurrilität der Situation, »… Ein … Gib mir dein Taschentuch.«

»Mein Taschentuch?«, fragte er ungläubig, ohne sie dabei anzusehen.

»Ja, dein Taschentuch«, fordernd streckte sie ihre flache Hand in seine Richtung und wedelte ungeduldig mit den Fingern, »Deinen Glücksbringer. Dein verdammtes Taschentuch eben.«

»Aber es bringt mir Glück«, flüsterte er entrückt.

»Gib mir dieses Scheiß Taschentuch.« Ungehalten ging sie auf ihren Mann zu und schlug ihm mit der flachen Hand ins Gesicht, riss ihm die Hände von seinen Beinen und begann, seine Taschen zu durchsuchen.

»Nein«, rief Gabriel angsterfüllt und stieß seine Frau mit seinen Füßen von sich.

Daniela taumelte nach hinten, verengte ihre Augen zu Schlitzen und stürzte sich auf ihren Mann. Mit voller Wucht warf sie ihn von der Couch und gemeinsam fielen sie auf den Boden. In einem wilden Gerangel bohrte sie ihre Finger in seine Taschen und suchte nach dem Tuch.

Panisch erwehrte sich Gabriel ihrer Attacken, drückte seine Hände gegen ihre Brust und die Beine gegen ihren Unterleib.

»Unser Sohn wurde entführt und du machst wegen einem Scheiß Taschentuch rum?« Daniela ballte ihre Faust und schlug sie ihrem Mann ins Gesicht. Ein dumpfer Schmerz erfüllte ihre Hand und mit einem schnellen Griff fischte sie aus der Hosentasche das besagte Stofftaschentuch.

Gewaltsam streckte Gabriel seine Beine, schleuderte Daniela von sich und entriss ihr mit einer gezielten Handbewegung das Taschentuch. Mit einem triumphierenden Lächeln versuchte er mit zitternden Händen und wackeligen Beine aufzustehen.

Stöhnend krümmte sich Daniela auf dem Boden und hielt sich den schmerzenden Unterleib. »Ich will unseren Sohn zurück«, krächzte sie und stemmte sich schwerfällig auf die Beine, »Und dafür brauch ich dieses verschissene Taschentuch.«

»Dieses Taschentuch bringt uns Glück«, brüllte Gabriel ihr vehement entgegen.

»Was für eine Scheiße redest du da eigentlich?«, fragte sie misstrauisch und wischte sich Speichel von den Lippen, »Als ob unser Glück von so einem blöden Tuch abhängt.«

»Das tut es aber«, schrie er und flüchtete langsam hinter die Couch.

»Du bist doch krank«, schrie sie zurück, »Krank.«

»Aber wir brauchen dieses Tuch«, versuchte er zu erklären, zog das Taschentuch wie ein wertvolles Kleinod durch seine Finger und schloss es in seine Faust, »Ich hab' schlimme Dinge dafür tun müssen. Für uns. Für unser Lebensglück.«

»Was redest du da?«, kleinmütig schaute sie ihn an und suchte seinen Blick, »Ich will doch nur unseren Sohn zurück. Unseren Sohn. Was ist los mit dir? Ich erkenn dich nicht mehr.«

»Das ist mir egal«, meinte er und erwiderte entschlossen ihren Blick, »Ich geb' dir dieses Tuch nicht.«

»Dann hol ich es mir eben selbst«, energisch packte sie ihr Weinglas und leerte es in einem Zug, hustete kurz in ihre Faust und ging zielstrebig um die Wohnlandschaft herum.

Gabriel wich kampfbereit zur Wohnzimmertür und ließ seine Frau nicht aus den Augen.

Daniela setzte ihren Weg fort und hob ihre Faust, blieb wieder stehen und hustete mehrmals in ihre geballte Hand. Ihr Körper zuckte und sie hustete, keuchte und sog krampfhaft nach Luft.

»Was hast du?«, fragte Gabriel vorsichtig, wagte es aber nicht, ihr zu Hilfe zu eilen.

Daniela schüttelte den Kopf, keuchte und schaute ihren Mann hilfesuchend an.

Dieser schüttelte nur verneinend den Kopf.

Röchelnd rannte Daniela um die Theke in die Küche und beugte sich hustend über das Spülbecken, steckte sich zwei Finger in den Mund und zog ein dünnes Bündel schwarzer Haare aus ihrem Hals.

»Oh Gott«, stöhnte Gabriel und wahrte den Abstand, beobachtete das bizarre Schauspiel und verstärkte den Griff um das Taschentuch.

Mit beiden Händen zog Daniela würgend und röchelnd das nicht enden wollende Haarbündel aus ihrem Hals, bis es endlich aus ihrem Mund rutschte. Kraftlos ließ sie das schwarze Bündel in das Spülbecken fallen, sackte zu Boden und rang nach Luft.

Gabriel eilte an den Wasserhahn und riss den Hebelmischer mit einem Ruck nach oben. »Niemals kriegst du dein Taschentuch wieder zurück«, rief er in das Spülbecken hinein und entfernte sich wieder von der Arbeitsplatte, ohne den spritzenden Wasserstrahl aus den Augen zu lassen. Argwöhnisch beobachtete er seine Frau, die sich hustend und schwer atmend an der Arbeitsplatte hochzog, und folgte ihrem Blick, als sie mit zusammengezogenen Augenbrauen in das Spülbecken starrte. Schwarzes Wasser füllte das Becken und schaukelte sich in kleinen Wellen der Oberkante entgegen.

»Verpiss dich«, flüsterte er drohend, ballte seine Fäuste und sah, wie sich der Hebelmischer langsam senkte und der Wasserstrom versiegte.

Ein bleicher Kinderarm schnellte aus dem Wasser hervor und klatschte mit der flachen Hand auf die Arbeitsplatte.

»Nein«, schrie Gabriel angsterfüllt und zitterte am ganzen Körper, »Verpiss dich.«

Ein zweiter Arm stieß aus dem Spülbecken hervor, umfasste mit schmutzigen Fingern die Kante der Arbeitsplatte und bedrohlich schob sich der Kopf des blassen Mädchens aus dem schwarzen Wasser. Ihre pechschwarzen Augen starrten erst Gabriel an, dann wanderte ihr Blick zu Daniela.

»Ich will mein Kind wieder zurück«, flehte sie das Geistermädchen an.

»Bekomme ich das Tuch, bekommst du dein Kind«, hörte Daniela die eisige Stimme des Mädchens in ihrem Kopf.

»Er hat dein Tuch in seiner Hand«, flüsterte Daniela.

Mit einem Ruck löste sich Gabriel aus seiner Starre und rannte aus der Küche hinaus.

Das schwarzhaarige Mädchen warf ihr einen stummen Blick zu und nickte. Sie schob ihren Körper aus dem Wasser heraus, beugte sich vor und schlug ungelenk auf dem Küchenboden auf. Ihr weißes Kleidchen klebte nass an ihrem zarten Körper und mit verdrehten Gliedmaßen kroch sie über den Boden.

Gebannt wartete Daniela, bis das Geistermädchen hinter der Theke verschwunden war. Allmählich löste sie sich von der Arbeitsplatte, wagte sich aus der Küche heraus und betrat das Wohnzimmer. Das Mädchen war verschwunden und kalte Nachtluft strömte in den Raum. Dann hörte sie den Motor des Autos aufbrummen.

Sie rannte durch den Hausflur, stürzte aus der Tür und eilte die wenigen Stufen zur Auffahrt hinunter. Daniela erkannte ihren Mann, wie er mit einem Schulterblick den Rückwärtsgang einlegte. Die Rückfahrlichter leuchteten weiß auf und beleuchteten das schwarzhaarige Mädchen, das stumm am Ende der Auffahrt stand und Daniela einen emotionslosen Blick zuwarf.

Der Wagen setzte sich mit einem Ruck in Bewegung und schnellte die Auffahrt hinab. Widerstandslos fuhr er durch das Mädchen hindurch als wäre sie eine Illusion, preschte quer über die Straße und schoss über den gegenüberliegenden Gehsteig. Krachend prallte er auf der anderen Straßenseite gegen einen Baum und quäkend schallte die Hupe durch die Nacht.

Barfüßig rannte Daniela die Auffahrt hinunter. Schon von weitem erkannte sie, dass ihr Mann vornübergebeugt mit dem

Kopf auf dem Lenkrad lag. Schnell hatte sie die Fahrerseite erreicht und stieß die Türe auf, packte Gabriel an den Schultern und drückte ihn zurück in den Fahrersitz. Das Hupen endete abrupt und an der Stirn ihres Mannes rann ein dünner Streifen roten Blutes aus einer Platzwunde.

»Wo ist sie?«, fragte er mit krächzender Stimme und benommen blickte er sich suchend um.

»Sie ist fort«, meinte sie, beugte sich über ihn und löste den Gurt.

»Bist du sicher?«, fragte er nachdrücklich, stierte ringsum durch die Autoscheiben und ballte hart seine Faust, aus der die Zipfel des weißen Taschentuches zwischen seinen Fingern herausragten.

»Ja, sie ist fort«, wiederholte sie und legte fürsorglich seinen Arm über ihre Schultern, »Komm mit ins Haus. Ich muss deine Wunde versorgen. Und dann reden wir in aller Ruhe miteinander, okay?«

»Okay«, stimmte Gabriel ihr zu und versuchte, seine Frau nicht zu sehr zu belasten, als sie gemeinsam die Auffahrt hinaufhinkten. Mühsam nahmen sie die breiten Stufen zur Haustür, stiegen behutsam die Treppe in den ersten Stock hinauf und wankten auf die offene Tür des Badezimmers zu.

»Hier ist das Waschbecken«, bemerkte sie nüchtern, nahm seinen Arm von ihrer Schulter und legte seine Hand auf den Waschbeckenrand.

»Danke«, meinte er und wischte sich mit zwei Fingern das Blut aus dem Augenwinkel, »Reichst du mir bitte das Jod?«

»Natürlich«, erwiderte Daniela und ging einen Schritt zurück.

»Gott sei Dank ist dieses tote Balg verschwunden.« Erleichtert schüttelte Gabriel seinen Kopf, langte mit seinen Fingern nach dem Hebelmischer und wich erschrocken zurück. Düster spiegelte sich sein Gesicht in dem schwarzen

Wasser, das das Waschbecken bis zum Rand füllte. Erschrocken wich er zurück und sah zur Badezimmertür, die mit einem lauten Knall ins Schloss fiel. Wütend warf er seiner Frau einen verächtlichen Blick zu, die sich mit zum Schutz erhobenen Händen an die Wand drückte. »Du hast mich reingelegt«, zischte er ungläubig, »Du undankbares Stück hast mich reingelegt.«

Tropfen klatschten leise auf das dunkle Wasser und mit schwarzen Augen starrte das Geistermädchen traurig aus dem Waschbecken heraus.

»Verpiss dich«, schrie Gabriel und wich zurück, »Du solltest mir dankbar sein. Ich hab' dir nur einen Gefallen getan.«

Das Geistermädchen legte seine Hände auf den Waschbeckenrand und in ihren traurigen Blick mischte sich ein feines Lächeln.

»Die Angst ist tief in mir erwacht,

und hat den kalten Zorn entfacht.

Zu dir bin ich zurückgekommen,

um das zu hol 'n, was du genommen.«

»Nein«, schrie Gabriel und wich weiter zurück, »Du bist tot. Tot. Und ich hab' einen Deal. Ich hab' einen Deal.«

Zu spät bemerkte er die Badewanne. Gabriel stolperte, stieß mit dem Kopf an die gegenüberliegende Fliesenwand und stürzte rücklings in die Wanne. Schwarzes Wasser spritzte auf und bleiche Hände packten seinen Körper.

Gabriel wehrte sich vergeblich gegen die kalten Hände. Das schwarze Wasser schwappte über seinen Körper und in seinen schreienden Mund. Seine Haut wurde grau und sein Gesicht immer schmaler. Sein Haar verlor an Farbe und seine Bewegungen wurden langsamer. Die Arme und Hände verkrampften, seine Augen drehten sich nach oben und sein Körper versank allmählich im Wasser. Das schwarze Wasser schluckte seinen ausgemergelten und leblosen Körper und eine unsägliche Stille breitete sich in dem Badezimmer aus.

Niedergeschlagen schloss Daniela die Augen, faltete ihre Hände und rutschte an der Wand entlang auf den Boden.

Geisterhaft tauchte das schwarzhaarige Mädchen aus dem Wasser der Badewanne auf. In ihren Händen hielt sie das weiße Taschentuch. Sorgfältig entfaltete sie das Tuch und offenbarte einen kleinen Zweig, der in das Taschentuch eingewickelt war. »Ich darf dir nicht danken, Daniela«, hauchte sie mit ihrer eiskalten Stimme, »Immerhin hast du heute Nacht viel Leid erfahren müssen.«

»Ich will nur meinen Sohn wiederhaben«, flüsterte Daniela unterwürfig.

»Ich halte meine Versprechen«, erwiderte das Geistermädchen und versank schattengleich im schwarzen Wasser der Badewanne. Ein gurgelndes Geräusch erklang und das dunkle Wasser verschwand im Ablauf.

Neugierig erhob sich Daniela und blickte hoffnungsvoll in die Badewanne. Das Wasser war bereits zur Hälfte ausgelaufen und eine kleine Silhouette zeichnete sich unter der dunklen Oberfläche ab. Auf dem Boden der Wanne lag ihr Sohn in seiner gewohnten Schlafhaltung.

»Oh, ich danke dir.« Tränen der Erleichterung füllten ihre Augen und vorsichtig nahm sie ihren Sohn aus der Badewanne heraus.

»Mami?« Verschlafen öffnete Benjamin seine Augen und zwinkerte seine Mutter müde an, »Was ist los, Mami?«

»Nichts mein Schatz. Alles ist gut«, schluchzte sie und drückte ihren Sohn fest an ihre Brust, »Alles ist gut.«

02:34 Uhr

Und so endet die dritte Geschichte.«

Ruckartig klappte ich das Notizbuch zu und das entstandene Geräusch hallte für einen kurzen Moment durch den kleinen Kellerraum. Selbstbewusst holte ich meinen Rucksack vor, packte das Buch hinein und holte für einen kräftigen Schluck meine Flasche heraus. Ich zog den Reisverschluss lautstark wieder zu, schulterte meinen Rucksack und wartete. Meinen Blick hielt ich gesenkt, starrte auf die weit heruntergebrannte Kerze und lauschte in die mich bedrohlich umzingelnde Dunkelheit.

Das kehlig kratzende Atmen war schwer, tief und pfeifend und hatte während meiner letzten Lesung an Stärke und Deutlichkeit zugenommen. Ein Knarzen erklang aus dem Schatten und einem seltsamen Schaben folgte ein harter Aufprall. Etwas hatte sich aus der Ecke gelöst und war vor mir in die Dunkelheit gefallen.

Ich bemühte mich ruhig und gleichmäßig zu atmen, die Fassung zu wahren und die leichte Panik in mir zu akzeptieren, aber mich nicht von ihr beherrschen zu lassen.

Langgliedrige Finger tauchten am Rande des Lichtkreises der Kerze auf, kratzten und gruben sich in die harte Erde des Bodens. Klauenartigen Füßen folgten dünne Beine, die von einer rindengleichen Haut überzogen waren und sich zu einem seltsam überkreuzten Schneidersitz falteten. Zwei silberne

Punkte leuchteten auf und glitzerten mich neugierig und interessiert aus der Dunkelheit heraus an.

»Ich bin etwas verwirrt«, sprach die kalte und kratzende Stimme, »Natürlicherweise werde ich gerufen. Des Öfteren beschworen. Manch eines Mal wurde ich sogar angebetet. Doch es kam noch nicht einmal vor, dass ich lediglich nur geweckt wurde.«

»Ihr seid enttäuscht?«, fragte ich das übernatürliche Wesen und hielt dem Blick der silbern leuchtenden Augen stand, die einen bitteren Keim der Angst in meiner Brust zu pflanzen versuchten.

»Meine Verwirrung scheint nicht enden zu wollen«, sprach die Kreatur, »Natürlicherweise stelle ich eine Frage an die Früchte aus Fleisch und Blut, die sich zu mir in die Dunkelheit wagen. Dies liegt in meiner Natur. Aber die Frage, die ich nun stellen werde, ist von einer ganz anderen Art.«

»So stellt mir eure Frage.« Das leichte Zittern in meiner Stimme konnte ich nur schwer im Zaum halten und ich wusste nicht einmal, ob meine Stimme vor Angst oder vor Aufregung zitterte.

Scharf sog die unheimliche Kreatur die abgestandene Luft in ihre trägen Lungen und das eine Wort ihrer Frage schnitt wie schwarzes Eis in die Mauer meines Mutes. »Warum?«

»Warum?«, wiederholte ich, versuchte das Gespräch mit dem Wesen aufrechtzuerhalten und in die Länge zu ziehen.

»Ja. Warum?«, hauchte die Kreatur, erhob sich aus ihrem Schneidersitz und ging wie ein Raubtier um mich herum, »Warum seid ihr hier? Eure Anwesenheit und euer Tun sind widernatürlich und ich wiederhole sehr gerne und aus reiner Neugierde meine Frage. Warum seid ihr hier?«

»Warum seid ihr hier?«, drehte ich mit fester Stimme die Frage um. Ein schiefes Grinsen huschte mir über meine Lippen und ich begann, das Gespräch mit dieser angsterregenden Kreatur zu genießen.

»Warum ... warum ich? Nein. Nein. Das ist nicht natürlich. Das ist wider die Natur. Niemand stellt mir eine Frage. Hast du es nicht verstanden? Menschen kommen zu mir und ich stelle die Frage. Ich erfülle ihre Wünsche.«

»Ich weiß«, erklärte ich, verschränkte demonstrativ meine Arme und starrte leer in die mauergleiche Dunkelheit hinein, »Aber warum seid ihr dann immer noch hier? Es gibt hier niemanden, der Wünsche in sich trägt.«

»Ja. Das ist allerdings wahr. Dekaden sind vergangen, als dies ein Ort der Trauer war. Ein Beet aus Begierden. Erfüllt von Träumen, Sehnsüchten und Wünschen. Ein Nährboden für ein Wesen wie mich. Es war so schön in dieser Zeit. Doch dies ist lange her. Der Garten ist trocken und welk. Zwar konnte ich weiterhin wachsen und meine Wurzeln tief in die Erdenmutter treiben, aber meine Kräfte haben mich verlassen. Mich dürstet nach jungem Blut und unschuldigem Fleisch. Doch ich vermute, dies werde ich von euch nicht erhalten. Denn ihr habt mich nicht gerufen. Ihr habt mich lediglich nur geweckt. Und doch spüre ich, ihr tragt einen Wunsch in euch.«

Die silbernen Augen tauchten wieder vor mir auf, glitzerten hungrig in der Dunkelheit und ein furchiges Gesicht näherte sich vorsichtig dem Licht der Kerze.

»Ja«, gestand ich der Kreatur, »Tatsächlich. Einen Wunsch trage ich in mir.«

»Oh, bitte«, flehte das Wesen mich an, »Verratet mir euren Wunsch. Bitte. Ich möchte die Worte hören.«

»Ich brauche Schlaf«, sagte ich emotionslos und achtete auf die Formulierung meiner Sätze, »Einen ruhigen und langen Schlaf. Doch seid gewiss. Dies könnt ihr mir nicht erfüllen.«

97

»Ich könnte diesen Wunsch nicht erfüllen? Seid ihr euch da sicher?« Freundlich und schmeichelnd verzog das Wesen seine dünnen Lippen zu einem faustischen Lächeln.

»Ja«, wiederholte ich bestimmt, »Ich bin mir sowas von sicher. Ihr könnt dieses Bedürfnis nicht erfüllen. Aber sie können es.«

»Sie?« Das Lächeln verschwand in dem rindengleichen Gesicht und das Wesen tauchte zurück in die Dunkelheit. »Wer sind ›Sie‹?«

»Würdet ihr mir helfen, mein Bedürfnis zu stillen?«, fragte ich.

»Nichts würde ich lieber tun.«

»Nehmt ihr mein Opfer an?«, fragte ich, nahm meinen Rucksack und öffnete langsam und anbietend den Reißverschluss.

»Oh ja«, sagte die Kreatur mit einer eiskalten Gier in seiner Stimme, »Sehr gerne nehme ich euer Opfer an.« Die langen Krallen bohrten sich ungeduldig in die kalte Erde und ein gieriges Gurgeln drang aus seiner Kehle.

Etwas nervös fischte ich einen dünnen Gegenstand aus meinem Rucksack und legte ihn vor mir, außerhalb des Kreiderings und des Salzkreises, auf den kalten Boden.

»Der Zweig des Lebensglücks.«

Die Kreatur hob den Kopf und starrte ungläubig auf den Gegenstand, während ich bereits den nächsten aus dem Rucksack zog.

»Die Rindenmaske der Macht.«

Die dürren Krallen der Kreatur ballten sich zu Fäusten und die dünnen Lippen verzogen sich zu einer teuflischen Fratze.

»Und die Wurzel des ewigen Lebens.«

»Dies sind keine Opfer«, keifte die Kreatur und dunkler Speichel troff von seinen Lippen, »Dies waren Geschenke.«

»Ihr habt das Opfer angenommen«, erinnerte ich das Wesen an seine Zustimmung.

»Das war eine List. Wer bist du?« Schrill hallte die Frage durch den dunklen Raum.

»Wer ich bin ist nicht von Belang«, wehrte ich gelassen ab, »Aber wer ›Sie‹ sind, dürfte euch mit Gewissheit weitaus mehr interessieren.«

»Was?«, keifte die Kreatur und ihr furchiges Gesicht tauchte zornverzerrt aus der Dunkelheit hervor.

»Drei Mädchen, die 1966 im Alter von sieben Jahren durch einen Zwischenfall auf einem amerikanischen Stützpunkt zu Vollwaisen wurden. Drei Mädchen, die hier in diesem Kinderheim im Odenwald untergebracht wurden. Drei Mädchen, die am 27. September im Jahr 1968 euch als Opfer dargebracht wurden.«

»Tretet aus dem Kreis«, befahl mir die Kreatur, funkelte teuflisch mit den Augen und grub seine Krallen tief in die harte Erde.

»Nein«, widersprach ich und je aufgebrachter und zorniger das Wesen wurde, umso entspannter und sicherer fühlte ich mich, »Denn die drei Männer haben einen Fehler begangen. Heimleiter Freund, Aufseher Wagner und Kinderarzt Doktor Bachmann. Sie haben sich die falschen drei Mädchen ausgesucht.«

»Nichts an ihrem Opfer war falsch«, schrie die Kreatur, »Ihr Blut war jung und süß. Ihr Fleisch unverdorben und köstlich.«

»Aber ihre Seelen waren durch Liebe und Freundschaft miteinander verbunden«, erklärte ich mit einem Lächeln, »Ahnungslosigkeit machte sie zu Opfern. Ihre Verbundenheit machte sie zu so viel mehr. Ihre Namen waren Haylee Wright, Sarah Crowley und Macy Brightwater. Und seit meiner Geburt am 27. September 2004 besuchen sie mich jedes Jahr an diesem Tag. Auch heute.«

Die Luft in dem dunklen Kellerraum veränderte sich und die kleine Flamme schmiegte sich eng an den kurzen Docht der Kerze. Eine unsagbare Kälte und ein befremdlicher Duft breiteten sich aus. Und sehr vertraute Stimmen flüsterten mir aus der Dunkelheit ins Ohr.

»Wir sind hier, Alexandra.«

»Wir sind bei dir, Alex.«

»Wir sind an deiner Seite, großes Mädchen.«

Außerhalb meines Ringes begann der Boden seltsam zu flimmern. Hände und Arme stachen lautlos aus der kalten Erde hervor und schoben drei bleiche Körper heraus. Weiß leuchtend standen die drei Mädchen in der Dunkelheit. Ihre kindlichen Gesichter starrten mit traurigen und bösen Augen auf die leise fauchende Kreatur, die sich umsichtig in die Finsternis und den vermeintlichen Schutz ihrer dunklen Ecke zurückzog.

»Wir danken dir für deine Hilfe, Alexandra«, flüsterte Macy, das Mädchen mit den roten Locken.

»Ohne dich hätten wir niemals bis hierher vordringen können, Alex«, wisperte Haylee, und fuhr sich mit ihren schmutzigen Fingern durch die langen, schwarzen Haare.

»Und jetzt werden wir es beenden«, raunte Sarah, schüttelte ihre weißen Zöpfe und bleckte ihre blutverschmierten Zähne, »Es ist besser, wenn du das nicht mitansiehst, was jetzt gleich passieren wird, großes Mädchen.«

Mein Blick wanderte unsicher zwischen den drei Mädchen hin und her. Dann nickte ich stumm und beugte mich nach vorne, schloss meine Augen und presste die flachen Hände fest auf meine Ohren.

»Geht weg von mir. Ich bin ein Optar des alten Paradieses. Geht weg von mir«, hörte ich gedämpft und zum letzten Mal die eisige Stimme des Wesens.

Dann vernahm ich durch meine Hände die Stimmen der Mädchen und hoffte, dass der Schutz der Kreise auch wirklich der Macht der Mädchen standhalten würde.

»Die Angst« - »ist tief« - »in uns erwacht« -
»und hat« - »den kalten« - »Zorn entfacht« -
»das Leid« - »was du« - »uns angetan« -
»sollst du« - »am eignen« - »Leib erfahr'n« -
»Dein Geschrei« - »aus Furcht« - »und Schmerz« -
»erfüllt« - »mit Freude« - »unser Herz« -
»Niemand« - »wird dich« - »jemals finden« -
»ins helle Reich« - »wirst du« - »entschwinden«

Ein unmenschlicher Schrei erfüllte den Kellerraum und ich presste meine Hände noch stärker auf die Ohrmuscheln. Doch wie sehr ich mich auch bemühte, die übernatürlichen Schreie und das entsetzliche Gurgeln der Kreatur konnte ich nicht ausblenden und der Moment dehnte sich ins Unermessliche.

Als wieder vollkommene Stille herrschte, wartete ich noch einen längeren Augenblick, bevor ich vorsichtig die Augen öffnete und ganz langsam die Hände von meinen Ohren löste.

Die kleine Flamme flackerte ruhig auf dem nahezu komplett heruntergebrannten Kerzenstumpen. Achtsam richtete ich mich wieder auf, lauschte und versuchte, die Dunkelheit mit meinen Augen zu durchdringen. Die drei Mädchen waren ebenso verschwunden wie die unheimliche Kreatur. Nur die drei hölzernen Artefakte lagen noch unberührt vor mir.

»Hallo?«, flüsterte ich fragend in die Finsternis hinein. Doch ich erhielt keine Antwort. Ich zog mein Handy hervor, schaltete die Taschenlampe an und ließ den Lichtstrahl durch den Raum wandern. Der Kellerraum war leer und der dunkle Schatten in der Ecke verschwunden.

Langsam erhob ich mich aus meinem Schneidersitz. Meine Knie knackten leise und meine Beine beschwerten sich zitternd über die Belastung. Entschlossenen wagte ich einen Schritt aus den Kreisen heraus, erhielt jedoch keine Reaktion auf meine Handlung. Erleichtert atmete ich tief durch, klammerte mich mit einer Hand am Schulterriemen meines Rucksacks fest und leuchtete mir mit der Anderen den Weg nach draußen. Mit einer seelentiefen Zufriedenheit verließ ich das abrisswürdige Haus auf demselben Weg, wie ich es auch betreten hatte.

Die kühle Luft des jungen Morgens wehte mir sanft durch die Haare und mit leichten Schritten ging ich auf den Waldrand zu. Ohne Probleme folgte ich im morgendlichen Zwielicht dem schmalen Pfad zurück zu diesem Waldparkplatz. Doch ich hätte nie damit gerechnet, dass außer meinem Fahrrad auch euer mattschwarzes Auto auf mich warten würde. Ich weiß nicht, aber vielleicht liegt es auch an der außergewöhnlichen Erfahrung dieser eben vergangenen Nacht, dass ich mich neuerdings ganz entspannt und selbstsicher zu einem wildfremden Mann ins Auto setzen und ihm Geistergeschichten erzählen kann.

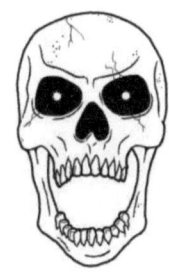

EPILOG

M-hm«, machte der dunkelhaarige Mann in dem schwarzen Anzug und ließ seinen Kugelschreiber spielerisch und nachdenklich durch seine Finger gleiten. Er schnalzte mit der Zunge, blätterte durch das Notizbuch und blickte wieder in den Rückspiegel, in dem er die junge Frau auf der Rückbank beobachten konnte. Anerkennend nickte er ihr zu. »Alles Gute zu deinem achtzehnten Geburtstag, Alexandra«, gratulierte er und winkte mit dem erhobenen Notizbuch.

»Tatsächlich erst in knapp drei Stunden«, schmälerte sie seinen Glückwunsch, nahm ihr Buch entgegen und verstaute es in ihrem Rucksack, der neben ihr auf der Rückbank lag.

»Ganz wie du meinst«, murmelte er, »Nun. Meinen Respekt.«

»Danke.«

»Nein. Wirklich«, beteuerte er, »Meinen Respekt.«

»Danke«, wiederholte sie und streifte sich selbstbewusst eine Haarsträhne hinters Ohr.

»Hast du auch verstanden, was da in diesem Kellerraum passiert ist?«

Unsicher hob sie ihre Schultern. »Ich denke schon.«

»Nun, lass mich das kurz zusammenfassen«, sagte der Anzugträger und fuhr sich über das glattrasierte Kinn, »Du hast mit deinen achtzehn Jahren ...«

»Siebzehn Jahren«, korrigierte sie mit erhobener Augenbraue.

»... Mit achtzehn Jahren drei Entitäten geholfen, einen jahrzehnteüberspannenden Racheplan zu Ende zu bringen.«

»Dann bin ich so etwas wie ein Medium?«

»Nein«, sagte der Anzugträger und schüttelte seinen Kopf, »Du bist kein Medium. Du warst einfach nur der Köder in diesem Plan. Deine drei Geistermädchen hatten die Angel fest im Griff und du hingst daran wie ein Wurm am Haken. Du hast genau das getan, was sie von dir wollten. Lies' dir die Geschichten in deinem Notizbuch noch einmal genauer durch. Sie haben immer unschuldige Menschen benutzt, um an die Täter und die Artefakte zu kommen.«

»Ist das schlimm?«

»Ob das ... Nun, offensichtlich hast du diese Nacht überlebt. Wie die meisten anderen in deinen Geschichten auch.«

»Sie haben mir diese Geschichten erzählt«, schilderte Alexandra, »Nacht für Nacht. Sie flüsterten sie mir aus der Dunkelheit zu. Es begann immer an meinem Geburtstag. In dieser Nacht kamen sie wieder zu mir. Und es hörte immer erst gegen Ende März damit auf. Ihre nächtlichen Besuche. Vor ein paar Jahren begann ich, diese Geschichten aufzuschreiben und mir ihre Anweisungen zu notieren. Sie baten mich um meine Hilfe. Sagten, nur ich könnte ihnen helfen. Das alte Kinderheim und den Keller hatte ich zuvor einmal tagsüber besucht, um für diese Nacht gut vorbereitet zu sein.«

»Die drei Holzartefakte?«

»Lagen eines Abends auf meinem Bett«, erklärte Alexandra, »Ich erkannte sie sofort aus den Geschichten und wusste auch, was ich damit machen musste. Ich habe sie vor meinen Eltern versteckt. Auch von den Besuchen der Drei habe ich niemals irgendjemandem erzählt.«

»Einerseits sehr dumm, andererseits aber auch sehr mutig«, bemerkte der Anzugträger, »Und du hattest keine Angst verspürt?«

»Heute nicht«, gestand sie und wischte sich die widerspenstige Haarsträhne wieder hinters Ohr, »Heute Nacht zum ersten Mal nicht. Ich wollte nur noch, dass diese Besuche aufhören. Ich wusste, was ich dafür tun musste. Und ich hatte alles, was ich dafür brauchte.«

»Und du hast es konsequent umgesetzt«, meinte er mit erhobenen Augenbrauen.

»Ja«, hauchte sie, »Und wie geht es jetzt weiter?«

»Wie es jetzt ... Du machst mich wirklich fertig, junge Dame«, mit beiden Händen rieb er sich über das Gesicht, »Nun, warum auch sollte ich dir irgendetwas verheimlichen. Während du hier im Auto gewartet hast, habe ich mir diesen Kellerraum angeschaut. Dort unten existieren nur noch deine zwei Kreise und der Kerzenrest auf dem Boden. Die drei Holzartefakte sind verschwunden und von einem Schatten in besagter Ecke gibt es keinerlei Spuren geschweige denn Hinweise.«

»Aha.«

»Genau. Aha. Deine Geistermädchen haben ganze Arbeit geleistet. Ich kann von ihnen nur noch eine vergangene Anwesenheit aufspüren. Durch die Erfüllung ihrer Rache, an der du ja wesentlich beteiligt warst, sind sie nun zu mächtigen Wesen geworden.«

»Ich verstehe.«

»Das bezweifle ich. Doktor Gabriel Bachmann, Raphael Wagner und Michael Freund«, mit erhobenem Daumen wedelte er in ihre Richtung, »Ein Kinderarzt, ein Betreuer und der Hausleiter. Drei Männer, die damals in dem Kinderheim gearbeitet haben. Sie opferten die drei Mädchen diesem ... Optar ... so wie du ihn genannt hast. Wohl einer Art übernatürlichem Dämon oder Teufel.«

»Dann weißt du, was ein Optar ist?«, fragte Alexandra.

»Niemand weiß, was ein Optar ist«, stellte der Anzugträger kopfschüttelnd fest, »Aber für das Blut und Fleisch der Mädchen erhielten diese Männer mächtige Artefakte von dieser Kreatur. Gegenstände, mit denen sie ihre eigenen Psychosen mehr oder weniger überwinden und ihrem Lebensglück auf die Sprünge helfen konnten. Was diese Männer mit diesen Geschenken tatsächlich gemacht haben, hast du sehr schön in deinem Buch verewigt. Was allerdings nicht darin steht«, mit einer schnellen Handbewegung öffnete er das Handschuhfach und zog drei Unterlagenmappen hervor, »ist, dass Haylee Wright, Macy Brightwater und Sarah Crowley noch am 27. September im Jahr 1968 von der Heimleitung als Ausreißerinnen deklariert worden sind. Man ließ nicht lange nach ihnen suchen. Anscheinend hatte auch niemand wirklich die drei Vollwaisen vermisst.«

»Das ist furchtbar.«

»Du kannst dir nicht vorstellen, was für eine Scheiße damals in manchen Kinderheimen passiert ist«, meinte er mehr zu sich selbst gerichtet und rieb sich wieder mit beiden Händen übers Gesicht, »Mir sind schon viele Geisterkinder in alten Kinderheimen und Waisenhäusern begegnet. Und ihre Geschichten sind nicht minder traurig und schockierend wie die, von denen du aus erster Hand erzählt bekommen hast.«

»Du bist ein Geisterjäger?«

»Mm. So ähnlich«, meinte er knapp und suchte ihren Blick durch den Rückspiegel, »Nun, junge Dame. Die Nacht ist vorbei. Du hast deine Aufgabe erfolgreich erfüllt und ich versichere dir, dass dich diese gruseligen, kleinen Geistermädchen nie wieder besuchen werden.«

»Danke.«

»Danke nicht mir, Alexandra. Du bist mir gegenüber zu keinem Dank verpflichtet und kannst zu jeder Zeit dieses Auto verlassen. Und wenn du es wünschst, wirst du mich auch niemals wiedersehen. Allerdings, sofern du es möchtest, könnte ich dir zum Abschied zwei Fragen stellen, die deine Zukunft maßgeblich beeinflussen würden.«

Interessiert blickte Alexandra in das Augenpaar, das sie aus dem Rückspiegel heraus abschätzend anschaute. »Was sind das für Fragen?«

»Nun, meine erste Frage: Weißt du, was ein Kavalier ist?«

Alexandra legte den Kopf schräg und wischte sich die Haarsträhne ein weiteres Mal hinters Ohr. »Nun. Ich kenne das Wort ›Kavalier‹ und kann dir auch erklären, was das ist. Aber ich glaube, dass das nicht die Frage war. Also Nein. Ich weiß nicht, was ein Kavalier ist.«

»Du bist wirklich eine schlaue, junge Dame.« Über das Gesicht des Anzugträgers huschte ein kleines Lächeln. »Nun. Da deine Antwort ›Nein‹ lautet, komme ich auch zu meiner zweiten Frage: Willst du wissen, was ein Kavalier ist?«

Mühelos hielt Alexandra dem Blick in dem Rückspiegel stand und von ihren Lippen löste sich ein einziges Wort.

»Ja.«

CREEPY LITTLE ENTITIES

Nachwort

und

Danksagung

Was einem nicht alles so durch den Kopf geht, wenn man gerade in seinem Brotjob am arbeiten ist...

... da überlegt man sich, welchen Horrorfilm man am Wochenende mal wieder schauen mag, weil es ja gerade auf Halloween zugeht. Und dann hängt man sich an dem Gedanken auf, dass es tatsächlich schon so einige Gruselmädchen in verschiedenen Horrorfilmen und auch Computerspielen gibt.

Dann kam der nächste Gedanke...

... wenn ich mir jetzt auch so ein Geisterhorrorgruselmädchen ausdenken würde, wie müsste die dann ausschauen. Welchen Hintergrund hätte sie. Was für Eigenschaften könnte sie haben. Und plötzlich war da nicht nur ein Geistermädchen in meinem Kopf ... sondern gleich DREI!

Und die Namen und die Hintergrundgeschichte waren bis zum Feierabend auch so grob schon im Kopf. Und bei der Recherche an den folgenden Tagen zeichnete sich schnell ein ganz klares Bild ab, bei dem sich der Odenwald als hervorragender Schauplatz für die kleine Gruselgeschichte offenbarte.

Und falls jemand unter Euch hochgeschätzten Lesern die drei ›Creepy Little Entities‹ in sein Herz geschlossen hat, dem kann ich verraten, dass diese Geschichte zwar zu Ende erzählt ist, aber ich mit den Dreien noch lange nicht abgeschlossen habe.

Darum geht mein Dank auch die vielen kreativen Köpfe, die schon so manches Horrormädchen erschaffen hat.

Vielen Dank an William Peter Blatty, Takashi Shimizu, Keiichiro Toyama und Charles Addams, die mir mit ihren Figuren eine wesentliche Inspirationsquelle gaben.

Ein ganz spezieller Dank geht an die offizielle ›Bewegtbildbanausin‹ Isa, die ganz unbewusst einen wichtigen Beitrag an der Entstehung dieser Geschichte durch eine besondere Inspiration geleistet, und an der Entwirrung einer gedanklichen Schreibverknotung geholfen hat.

Darum geht an dieser Stelle auch ein besonderer Dank an die zwei ›Bewegtbildbanausen‹ Lee und Guess,

denn wenn es nicht den Kino-Film-und-Serien-Podcast »Bewegtbildbanausen« geben würde, hätte mich auch niemals die besagte Inspiration besagter ›Banausin‹ Isa erreicht.

Vielen Dank!

Und zu guter Letzt ein von Herzen kommendes Dankeschön an die talentierte Giusy Lo Coco von magicalcover.de, die mir ein fantastisches Cover gezaubert hat, das ich mir selbst nie hätte vorstellen können. Danke Dir!

Timo Mallok